KB067629

안녕,
소중한
사람

안녕, 소중한 사람

정한경 에세이

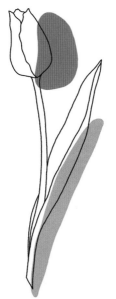

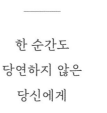

한 순간도
당연하지 않은
당신에게

북로망스

차례

●

Part 1

우리에게

안녕, 소중한 사람

Part 2

나에게

식사 메뉴도 고르기 어려운데, 인생의 선택이 쉬울 리 없잖아요

Part 3

당신에게

상처 확인하기

Part 4

사랑에게

당신의 보석을 좀도둑에게 건네지 마라

Part 5

이별에게

어떤 사랑은 이별하기 전에 끝난다

우리에게

안녕, 소중한 사람

안녕, 소중한 사람

사랑한 사람이 있었습니다.

행복한 순간이 있었습니다.

즐거운 기억이 있었습니다.

고마운 마음이 있었습니다.

대견한 모습이 있었습니다.

함께한 시절이 있었습니다.

우리는 살아가며 많은 소중함들을 마주합니다.
하지만 자세히 들여다보지 못하고 지나치곤 하죠.

모든 소중함들을 그 모습 그대로 간직하고 싶습니다.
내 마음속 가장 단단한 곳에 새기고 싶습니다.

그럴 수 있다면,
어떤 고난에도 굳건히 버텨 낼 수 있으리라 믿습니다.

살아간다는 것은 어쩌면,
소중한 시간들을 쌓아 가는 것이 아닐까요.

떠나간 사람들에게,
여전히 나의 곁에 함께하는 사람들에게,

그리고 나 자신에게 전하고 싶습니다.

안녕, 소중한 사람.

모든 소중함들을 그 모습 그대로
간직하고 싶습니다.
내 마음속 가장 단단한 곳에
새기고 싶습니다.

서운함을 표현한다는 것

서운함을 표현하는 사람에게서

그 어떤 고백보다도 특별한

사랑의 마음을 느끼곤 합니다.

서운함을 털어내고자 하는 이유는

상대를 사랑하는 순수한 마음에

서운함이나 실망을 섞어

변색시키고 싶지 않기 때문에,

그렇게
불순물이 섞이지 않은 채로
상대를 사랑하고자 하는 마음 때문일 것입니다.

안아 주세요.

서운하다는 말은,
사랑한다는 말의
또 다른 표현입니다.

기준

'왜 고작 이런 걸로 서운해 해?'

마치 서운함에도

서운해 할 수 있는

'기준'이 있는 것처럼,

상대의 서운함은

그 '기준'에 미치지 못하는 것처럼

이유를 따져 묻기 시작할 때

사랑하는 사람이
서운함에 마음 아파한다는 사실보다
그 이유가 더 중요해지기 시작할 때

관계는 틀어지기 시작해요.

사랑하는 사람을 아프게 했다는 사실 그 자체만으로도
서운함을 안아 줄 이유는 충분합니다.

사랑한다면,
상대의 상처에
자신의 기준을 강요해서는 안 됩니다.

이해의 시작

 소년은 창문을 닫아 둔 채 지내는 것을 좋아했지만, 소녀는 열어 둔 창문 사이로 스미는 여러 사소함을 좋아했습니다. 소년은, 그런 소녀를 이해하지 못했어요. 조용하고 차분한 성격을 가진 소년은 바깥의 소음이나 먼지 따위의 것들이 들어오는 게 싫었거든요. 이해할 수 없는 건 소녀도 마찬가지였어요. 세상의 아름다운 것들을 전부 차단하며 답답하게 지내는 소년이 이해되지 않았죠. 계속해서 양쪽 모두 이런 생각을 고집한다면, 서로에 영영 다가가지 못할 거예요. 사실, 이해의 시작에 그리 거창한 마음가짐이 필요하지 않습니다. 물론 소녀의 뜻대로 창문을 열었을 때, 평소와 같은 안정감이나 아늑함은 갖지 못할지도 모르죠. 하지만, 문득 불어오는 바람에 깊은 위안을 얻기도 하고, 스며드는 햇살에서 의외의 감동을 발견하기도 합니다. 이해란 이런 것이 아닐까요. 나와 전혀 다른 가치관으로 살아가는 상대의 모습에서, 햇살과 같은 장점을 발견하는 것. 가끔은 창문을 활짝 열고 그 사람의 마음을 온전히 느껴보는 것. 그렇게 다름에 다가가는 것.

사실, 이해의 시작에
그리 거창한 마음가짐이
필요하지 않습니다.

진정한 위로에 대하여

    진정한 위로란 무엇인가에 대해 생각해 본 적이 있습니다. 한때는 위로란 쓰러진 상대를 일으켜 주는 것이라 믿었습니다. 조금은 듣기 힘들지라도 실질적인 도움을 줄 수 있는 말을 전하고자 했고, 조금 더 삶을 당당하게 마주할 수 있는 강인함을 전하고자 노력했습니다. 그런데 누군가 그러더라고요. 자신도 누구보다 강한 모습으로 세상을 마주하고 싶은데, 누구보다 떳떳하게 자신을 바라보고 싶은데, 그게 잘 되지가 않는다고. 간절한 바람에도 불구하고 뜻대로 되지 않기에, 그런 말들이 아프게 다가올 때가 있다고 말이에요.

이제는 알고 있습니다. 일어설 힘조차 없는 사람에게 일어서는 방법을 전해 주는 것만이 그 사람을 위하는 길이 아니라는 것을, 주저앉아 울고 싶은 사람에게 울지 않는 방법을 가르쳐 주는 것만이 진정한 위로가 아니라는 것을, 아픔을 겪어 내고 있는 사람에게 가장 필요한 것은 내일의 행복이 아닌, 현재를 견뎌 낼 힘이라는 것을, 오늘을 온전히 살아낸 사람에게 내일의 희망이 있다는 것을 말이죠.

진정 상대를 위로하는 것은 다양한 지식이나 뛰어난 말솜씨가 아닌, 상대를 향한 진심 어린 마음일 것입니다. 누군가의 마음에 진심이라는 온기를 불어넣을 수 있을까요. 그렇게 나의 마음이 그 사람에게 위로라는 이름으로 가닿을 수 있을까요. 소중한 사람을 견딜 수 없는 아픔으로부터 지켜 낼 수 있을까요. 내일을 밝혀 주기보다는 오늘을 함께 살아 내는 사람이고 싶습니다.

내가 선 위치가
다른 사람과 다르다는 것

　　사람들은 말했습니다. 삶이란 그리 간단한 것이 아니라고, 멍하니 멈춰 있다간 무엇도 이뤄내지 못한다고, 주변 사람들을 보라고, 정신 차리지 않으면 뒤처지기 마련이라고. 정말 그랬습니다. 조금만 고개를 돌려도 자신만의 길을 바쁘게 걷고 있는 사람들이 보였습니다. 그리고 그들과 동떨어진 곳에 놓인, 나를 발견했죠. 두려웠고, 뒤처지고 싶지 않았습니다. 그들처럼 자신 있게 세상에 섞이고 싶었습니다. 무엇보다, 인정받고 싶었습니다.

나도 서서히 발길을 옮겼습니다. 그리고 그들이 나아가는 방향으로 무작정 따라 뛰기 시작했죠. 절대 뒤처지지 않아야 한다고 끊임없이 스스로를 다그치며 말이에요. 앞에서 달리는 사람을 앞지르려 최선을 다했고, 쫓아오는 뒷사람을 따돌리려 모든 노력을 기울였어요. 그렇게 긴 시간을 멈추지 않고 달렸습니다. 그러다 문득, 남들과 다른 한 사람을 발견했어요. 대열에서 벗어나 자신만의 속도로 나아가고 있는, 다른 사람과의 경주에 기꺼이 섞이지 않은 한 사람. 그는 예전의 내 모습과 무척이나 닮아 있었죠. 그러나 그는 나와 달리, 누구보다 행복한 미소를 짓고 있었습니다. 다른 사람의 것이 아닌, 자신만의 길 위에서.

남들에 뒤처진다는 것이 감당할 수 없는 두려움으로 다가오던 때가 있었습니다. 그때의 나는 너무도 힘없이, 타인의 시선에 스스로를 맡기곤 했죠. 나 자신의 의미를 다른 사람의 시선 속에서 찾으려 했고, 내 삶의 가치를 다른 사람의 판단에서 얻으려 했어요. 하지만 이제는 알고 있습니다. 모든 원인은 다름 아닌 내 안에 있었다는 것을. 내가 어떠한 이유로 발걸음을 옮기는지 알지 못했기에, 타인의 속도에 스스로를 맞추려 노력했던 것입니다. 내가 어디를 향해 나아가는지 명확하지 않았기에, 그저 타인의 의견을 정답이라 믿고 살아온 것입니다. 결국 모든 두려움은 스스로를 알지 못해 피어난 것이었어요.

누구나 자신의 시선을 잃어버리는 때가 있습니다. 다른 사람을 신경 쓰느라, 진정 내가 원하는 것을 똑바로 들여다보지 못하는 때가 있습니다. 온전한 나로 살아가기 위해 우리는 흐려지는 자신을 계속해서 덧칠해야 할 것입니다. 진정 내가 좋아하는 것은 무엇인지, 무엇을 원하고, 원하지 않는지. 훗날의 나는 어떤 모습이고 싶은지. 그렇다면, 진정 내가 나아가야 할 곳은 어디인지. 나 자신에게 끊임없이 질문을 던지는 방법으로 말이죠.

내가 추구하는 가치를 명확히 하고, 그 가치를 진정으로 믿을 수 있을 때, 타인이 아닌 내가 원하는 것을 세상에 당당히 외칠 수 있을 때, 그렇게 나 자신만의 행복을 두려움 없이 향할 수 있을 때, 타인의 모습에도, 타인의 속도에도, 타인의 시선에도, 타인의 판단에도, 결코 흔들리지 않는 자신을 발견할 수 있을 겁니다. 그리고 그때가 되면 알게 되겠죠.

지금 내가 선 위치가 다른 사람과 다르다는 것이,

다른 사람에 뒤처진 게 아닌,

다른 곳을 향하고 있다는 뜻이었음을.

당신의 받은 편지함에
확인되지 않은 마음이 있습니다

우리는 얼마만큼의 행복을

놓치며 살아가고 있는 걸까요.

소중한 사람들의 마음을

얼마나 지나치고 있는 걸까요.

나는 항상 내가 보낸 마음이

제대로 전달되지 않는 것은 아닐까

전전긍긍하면서도

타인이 내게 보낸 마음에는

깊이 신경 쓰지 못했습니다.

그렇게 살아가고 있는 거겠죠.

받은 편지함에

수신하지 않은 마음들을 잔뜩 쌓아 두고

무엇 하나 열어 보지 않은 채로,

내가 보낸 마음이

상대에 제대로 전달되었는가 하는 사실에만

온 신경을 집중하며 말이에요.

행복은

가깝다는 이유로 무신경하게 지나쳤던

소중한 사람들의 사랑에 있습니다.

그들의 사랑을 온전히 느낄 수 있을 때,

비로소 행복은 다가오죠.

행복은 가까이 있고

우리는 언제나 그것을 얻을 수 있습니다.

온전히 바라볼 수만 있다면 말이죠.

마음을 확인하세요.

당신의 받은 편지함에

확인되지 않은 마음이 있습니다.

일기 예보

오늘은 당신이 내린다니,

우산은 필요 없겠다.

기꺼이 사랑이라 부르자

어떤 이의 숨겨진 아픔을 우리는 알지 못한다. 어떤 이의 담아 둔 이야기를 우리는 알지 못한다. 저마다의 사연을 가슴 속에 쌓아 둔 채, 오늘도 우리는 기나긴 여정을 겪어 낸다. 문 득 이런 생각이 든다. 스쳐 지나간 이들에게 나는 얼마의 아 픔으로 기억되어 있을까. 삶의 어느 시점을 함께했던 이들은 이제, 다른 누군가의 소중함이 되어 있을 것이다. 서로 다른 아픔을 간직한 채, 각자의 행복을 향해 나아가고 있을 것이 다. 지금까지 얼마의 소중함을 떠나보냈나. 얼마의 공허함을 견뎌 내었나. 그럼에도 우리는 또다시 소중함을 곁에 둔다. 그 많은 아픔을 겪어 내고서도 말이다. 사랑은 아픔을 동반한다. 아픔을 각오하지 않고서는 결코 누군가에게 마음을 내어 줄 수 없다. 그럼에도 우리가, 사랑할 용기를 품게 된다면, 그 사람은 분명 아플 가치가 있는 사람일 것이다. 조금 아플지라도 발걸음을 멈추지 않는 것. 투명하지 않은 미래에 기꺼이 발을 담그는 것. 사랑이라는 이름만이 가능하게 하는 것. 어떤 이의 숨겨진 아픔을, 담아 둔 이야기를 우리는 알지 못한다. 그의 한걸음이 얼마나 커다란 의미를 지니고 있는지 우리는 알지 못한다. 서로를 향해 용기로 내딛는 발걸음을 우리, 기꺼이 사랑이라 부르자.

사랑을 발휘할 순간

상대가 토라졌을 때 먼저 다가가는 것은
사실 그렇게 어려운 일이 아닙니다.

자신의 기분이 상하지 않은 상태에서
토라진 상대를 안아 주는 일은 어쩌면
연인으로서 당연히 해야 할 행동이니까요.

용기가 필요한 것은

자신 역시 서운함을 품은 채로
상대를 안아 주는 일입니다.

많은 연인들이 본인의 서운함을 알아주지 않고
자신의 상황만을 토로하는 상대를 보며 힘들어 하죠.

양쪽 모두 상처받은 다툼에서
대부분 자신이 먼저 다가가기보다는
상대가 먼저 다가와 주기를 바랍니다.

자신의 서운함은 쉽게 정당화하는 반면,
상대의 서운함은 인정하지 못하죠.

아마 양쪽 모두 이런 마음을 품고 있다면
화해의 시간이 꽤나 미뤄질 것입니다.

상대를 향한 사랑을 발휘할 시간은
바로 이와 같은 순간이라고 생각해요.

진정한 깊이는

자신의 서운함을 누르고

상대를 안아 줄 수 있는 마음,

자신보다 상대의 기분을 우선시할 줄 아는

마음에서 비로소 드러나는 것이라 생각합니다.

자신의 서운함을 꼭꼭 숨겨 둔 채로

당신의 기분만을 바라보려 애쓰는 사람이 곁에 있다면,

어떤 다툼의 상황에서도 당신이 웃으면

'당신의 기분이 풀려서 다행'이라며

미소 짓는 고마운 사람이 당신 곁에 있다면

어쩌면 그 사람은,

당신이 상상하는 것 이상으로

당신을 사랑하고 있는지도 모릅니다.

두고 옴으로써 빛나는 것들

한때 소중했던 것들이 멀어진다고 해서 너무 미워하지 말아요. 사랑을 영원으로 만들지 못했다고 해서 그간 쌓아 온 행복들이 모두 쓸모없는 것들이 되는 건 아닙니다. 한때 서로의 슬픔을 나누었던 사이가, 추억이라는 이름으로 빛나는 미소를 선물해 주었던 사람이, 지금의 멀어짐만으로 미워해야 할 대상이 되어 버리는 건 너무 아픈 일이잖아요. 세상에는 그곳에 두고 옴으로써 비로소 영원의 아름다움을 품게 되는 것들이 있습니다. 한때의 사랑, 한때의 행복, 한때 우리 곁에 머물렀던 것들. 미움 없는 작별도 존재합니다. 내게서 멀어 진다고 그 모든 추억들을 부정하지 않아도 된다고 믿습니다. 한때 사랑했던 것들을 그 모습 그대로 두고 올 줄 아는 것. 지 금의 아픔으로 그 시절의 사랑을 판단하지 않는 마음. 우리는 한때 사랑했었죠. 우리 사랑이, 한때가 될 줄 모를 정도로.

세상에는 그곳에

두고 옴으로써 비로소

영원의 아름다움을

품게 되는 것들이 있습니다.

적응하고 싶지 않아요

사랑의 마음은 쉽게 변질되나 봐요. 그래서 기억하려 합니다. 당신을 사랑할 수밖에 없었던 그 순간의 감정들을 말이에요. 어쩌면 조금은 단순했는지도 모르겠어요. 그저 당신의 손끝에 나의 온기를 전하고 싶어서. 회색빛의 세상을 우리만의 색으로 아름답게 칠하고 싶어서. 삶의 사이사이에 제멋대로 끼어드는 아픔을 대신 끌어안고 싶어서. 나로 인해 밝게 그리는 당신 미소 속에 언제까지고 잠겨 있고 싶어서. 대단한 이유는 아니었습니다. 그저 이런 단순한 이유들이 전부였습니다. 참 많은 것들이 변해가요. 그리고 특별했던 것들도 금방 일상이 되어 버리죠. 오늘은 우리 강아지를 꼬옥 안아 주었답니다. 바쁘다는 핑계로 자주 안아 주지 못했거든요. 잊어버린 거겠죠. 삶에 지쳤을 때, 유일하게 내 편이 되어준 녀석의 고마움을 말이에요. 이제는 잊고 싶지 않습니다. 내 곁을 둘러싸고 있는 모든 소중함들을. 일상에 쫓겨나도 모르게 지나쳐 가는 많은 고마움들을. 고마워요 당신, 제 곁에 있어 줘서. 오늘은 이 문장으로 제 마음을 고백하려 합니다. 당신의 소중함에는 영원히 적응하고 싶지 않아요.

추억

다시는 보지 않으려는 표시로

꽂아 놓은 책갈피 때문에

자꾸 펼쳐지는 페이지가 있다.

자국

당신이라는 글씨가

잘 지워지지 않아요.

너무 진하게 꾹꾹 눌러 쓴 탓이겠죠.

미리 알려 주지 그랬어요.

전부 지워야 할 수도 있다고 말이에요.

아,

그래도 변하는 건 없었겠네요.

연하게 쓰는 법을 몰랐거든요.

당신을 닮는다는 것

    겨울의 향을 좋아하던 당신이었지만, 추위에 약한 저는 여름 밤 빗소리를 좋아했어요. 활동적인 당신과 다르게, 저는 휴일이면 하루 종일 책만 읽는 차분한 성격이었죠. 표현에 능숙하던 당신과 다르게, 무척이나 서투르게 당신을 안았죠. 내 품에 안겨 자는 것을 좋아하던 당신과 다르게, 그런 당신을 바라보는 것을 좋아했습니다. 당신을 참 많이 닮아 갔어요. 겨울의 향을 사랑하게 되고 표현의 기쁨도 알게 되었죠. 활동적인 취미도 갖게 되고, 자주 당신의 어깨에 기대어 잠들곤 했어요. 혹시 그때의 당신도 나를 닮아

갔나요. 잠들어 있던 나를 바라봐 주었나요. 당신을 닮아 간다는 건 커다란 행복이었어요. 꽤 오랜 시간이 흘렀네요. 이제는 가르쳐 주실래요. 더 이상 나를 사랑하지 않는다는 당신을 닮아 가는 방법을 말이에요.

잘못된 버팀에 관하여

'지금껏 그랬던 것처럼 조금만 더 버텨 봐.'

'쓸데없이 다른 것에 눈을 돌려선 안 돼.'

'처음 선택대로 밀고 나가.'

'벌써부터 그런 생각을 하다니, 너는 끈기가 없구나.'

세상은 가끔 이상한 모습의 버팀을 강조한다. 버티는 삶을 찬양하고, 새로운 선택을 멸시한다. 처음의 선택과 다른 방향으로 나아가는 것을 끈기 부족이라 치부하고, 때로는 거칠

게 손가락질한다. 또다시 포기할 거라며 마구 비난한다.

하지만 진정한 버팀이란 그런 게 아니다.

버틸 만큼 버텼음에도, 자신의 미래가 이미 그곳에 없음에도, 현재를 벗어나는 것에 대한 막연한 두려움으로 이를 악물고 끝까지 처음의 선택을 지키는 것이 올바른 끈기의 모습이라 생각하지 않는다.

끈기란, 선택 위에 착실히 쌓아 나가는 것이다.
그러니 흔들리는 선택 위에 계속해서 끈기를 쌓는 것이야말로 진정 무의미한 행위다.

살다 보면, 처음 내가 선택했던 길에 대한 확신이 사라질 수 있다. 여러 경험으로 인해, 처음의 계획이 바뀔 수 있다. 처음의 선택과 지금의 선택이 달라졌다고 해서 모든 것을 포기한 게 아니다. 때로는 또 다른 선택을 위해, 두려움을 딛고 처음의 계획을 털어 내야 할 필요가 있다.

걱정할 것 없다.

새로운 선택이라는 토대 위에 조금 더 성숙한 모습의 끈기를 쌓아 나가면 된다.

보란 듯이 나의 선택을 옳은 선택으로 만들어 내면 된다.

미래를 향한 두려움이 나를 덮치는 지금이야말로,

자신을 향한 굳건한 믿음을
발휘해야 할 때인지도 모른다.

울 수 있는 용기

"괜찮아?"

"응, 별일 없어."

별일 없다는 말이 습관이 되고, 아픔을 감추는 것이 당연한 게 되어 버린 요즘의 우리. 아픔의 순간에 자신이 아프다고 누군가를 향해 솔직히 털어놓을 수 있다면 그나마 마음이 놓인다. 하지만 자신의 아픔을 기어코 감추려 하는 사람을 곁에서 지켜보는 것은 정말이지 견디기 힘든 일이다.

언제부턴가 소중한 사람을 만날 때면, 필요 이상으로 그 사람의 마음을 관찰하려 하는 버릇이 생겼다. 하지만 설사 뚜렷한 아픔을 발견했다 해도 쉽사리 묻지 않는다. 본인이 꺼내고 싶지 않은 마음을 들춰내는 것은 그 의도가 무엇이든, 나의 욕심에 지나지 않는다는 것을 알고 있기 때문이다. 그저 그 사람을 웃게 해 줄 농담 하나 건네는 것으로 진심을 대신한다. 그렇게 한바탕 웃어 젖히고 나면, 보이지 않는 무언의 대화를 나눈 듯, 가슴 속에 따스한 온기가 전해지곤 한다. 아픔을 참아 내는 것에 익숙해져 버린 요즘, 우리는 그런 식으로 상대를 향한 위로를 대신 전한다.

어쩌면 우리는 마음이 성숙할 새도 없이, 세월에 떠밀려 무늬만 어른이 되어 버린 것 같다. 모두가 약속이라도 한 듯, 어른이라는 이름으로 자신의 아픔을 가리기에 급급한 것 같다. 아픔을 견디는 것은 분명 멋진 일이지만, 아픔을 제대로 들여다보지 않고 무조건 외면하는 것은 건강한 치유의 방법이 아닌지도 모른다. 아픔을 숨기는 것에, 눈물을 삼켜 내는 것에 익숙해진 이들에게 전하고 싶다. 가끔은 어린아이처럼 아픔을 토해 내도 괜찮다고, 타인에게 그럴 수 없다면 자기 자신에게라도 마음껏 표현해도 좋다고 말이다.

세상을 살아가는 건 분명 쉽지 않다. 물론 어른이 되어 갈수록 더더욱 그렇다. 시간이 흐를수록 책임져야할 것은 많아지고, 고민은 늘어만 간다. 현실은 끊임없이 나를 짓누르고, 해결책은 떠오르지 않는다. 사람과의 관계에서 받는 상처는 깊어만 가고, 만남은 두려워진다. 하지만 그토록 힘든 세상이기에, 당연히 견뎌야 하는 것이 아니다. 그토록 힘든 세상이기에, 울어도 괜찮은 것이다. 아픈 삶을 살기 위해 태어난 사람은 없다. 우리는 모두 행복한 삶을 꿈꿀 권리가 있다.

어쩌면 진정 어른이 된다는 것은,
울음을 삼키는 법이 아닌, 울어야 할 때 울 수 있는 용기를 배워 가는 것인지도 모른다.

그것이 주저앉는 게 아니라,

내게 또 한번 살아갈 힘을 주는 행동이라는 것을

알아 가는 것인지도 모른다.

울 수 있는 용기를 주소서.

깨닫게 하소서, 눈물 끝에 우리 영혼에

말갛게 씻긴 무지개가 떠오름을.

비온 뒤가 아니면 뜰 수 없는 무지개가.

제 눈물의 프리즘 속에서

제 실체의 비밀을 보게 하소서.

눈물 속에 담겨 있는 것을 볼 뿐 아니라

눈물이 이끄는 곳으로 따를 수 있는

용기를 주소서.

그리고 눈물이 저를 이끄는 곳은

저 무지개 너머

본향임을 보게 하소서.*

* 켄 가이어, 윤종석 옮김, 『영혼의 창』 꽃삽, 2007, p100.

꼭대기의 수줍음

숲의 나무들은 서로의 간격을 적당하게 유지하려 하는 습성이 있다고 해요. 자신에 의해 풀이나 작은 나무들이 볕을 받지 못하거나, 옆에 있는 다른 나무가 불편해 하지 않도록 적당한 거리를 유지하는 것이죠. 이러한 현상을 '꼭대기의 수줌음'이라고 부른다고 합니다. 물론 이 현상에는 자기 자신을 보호하려는 본능 또한 포함되어 있겠죠. 어찌 됐든 이러한 나무의 수줌음으로 인해 숲의 식물들은 서로의 영역을 침범하지 않고, 조화롭게 살아가는 것입니다.

인간관계 또한 마찬가지일 거예요. 한없이 가까워지는 것만이 관계를 지키기 위한 유일한 방법은 아닐 것입니다. 아니, 오히려 적당한 거리를 유지한 채 서로를 바라보는 것이야말로 깊은 관계를 유지하기 위한 더욱 현명한 방법이 아닐까 하는 생각을 해봅니다. 예전의 저는 좋아하는 사람과 함께하기 위해 항상 가까운 거리를 유지하려고만 했습니다. 조금의 간격도 벌리고 싶지 않아 불안해 하곤 했었죠. 하지만 그 또한 저의 욕심에서 비롯되었다는 것을 이제는 알고 있습니다.

삶이라는 길을 걷다 보면, 우리는 끝까지 함께 걷고 싶은 사람들을 만나게 됩니다. 그리고 자연스레 그들에게 가까이 다가가게 되죠. 그들을 향한 깊은 마음으로 인해 때로는 너무 많은 것을 바라게 돼요. 사랑이라는 명목으로 자신도 모르는 새 너무 많은 것을 상대에 요구하게 되고, 그러한 행동이 상대에겐 커다란 짐처럼 느껴지게 되기도 하죠.

나무는 알고 있는 걸까요. 우리는 앞으로 꽤 오랜 시간을 함께해야 한다는 것을. 그러기 위해선 적당한 거리를 유지할 수도 있어야 한다는 것을 말이죠. 나를 위해서도, 상대를 위해서도, 우리는 서로를 향한 적당한 수줍음을 지녀야 할 필요가 있습니다. 서로 간의 거리가 존재한다고 해서 너무 서운해 할 것 없습니다. 각자의 거리를 존중한 채 걷다 보면, 서로의 온기를 절실하게 필요로 하게 되는 순간이 옵니다. 바로 그때, 서로의 어깨를 내어 줄 수 있다면 그것으로 서로에 충분한 역할을 다한 것이라 믿습니다.

거리를 둔 채 나아갈 수 있다는 것은, 서로를 향한 군건한 신뢰가 있기에 가능한 일인지도 모릅니다. 삶의 힘듦을 조금은 알게 된 지금, 소중한 사람들에게 이렇게 전하고 싶습니다.

우리 삶을 걷다가,
때로는 조금 멀어지더라도
너무 마음 쓰지 말자.
대신 내가 필요하면 언제든 와.
기꺼이 나의 어깨를 빌려줄게.
우리 그렇게 살아가자.

그렇게 끝까지 함께 걷자.

나를 위해서도, 상대를
위해서도, 우리는 서로를 향한
적당한 수줍음을 지녀야 할
필요가 있습니다.

놓쳐선 안 될 사람

시간이 흐를수록 나의 좋은 일에

진심으로 기뻐해 주는 사람이 점점 줄어 갑니다.

어렸을 때는 타인의 행복을 빌어 주는 것이 당연하다 생

각했는데,

사실 얼마나 어려운 일인지 지금은 너무 잘 알고 있습니다.

그럴 수밖에 없어요.

삶의 경사는 시간이 흐를수록 점점 가팔라지니까.

나의 고난이 늘어날수록,

타인의 행복을 진심으로 빌어 줄 수 있는 여유가 줄어드
니까.

그러나 이 어려운 일을 해내는 사람이 있습니다.

자신의 상황과 상관없이

소중한 사람의 행복을 진심으로 빌어 주는 사람.

타인의 좋은 일을 자신의 일처럼 기뻐해 주는 사람.

가파른 경사에 서 있으면서도,

먼저 도착한 상대를 향해 엄지를 치켜세울 줄 아는 사람.

어쩌면 절대 놓쳐선 안 될 사람이 아닐까요.

만 원짜리 카네이션

여느 때와 다름없이 카페 구석에 앉아 밀린 업무를 처리한다. 시끌벅적 카페 안을 떠돌던 이야기들이 하나둘 사라질 무렵 자리를 정리하고 집으로 향한다. 돌아가던 길, 마트 앞에 놓여 있는 꽃바구니들이 눈에 띈다. 아 참, 내일은 어버이날이다. 바쁜 일상에 치여 미처 신경 쓰지 못했다. 어머니께 선물해드릴 카네이션 바구니를 하나 집어 들고, 쑥스러운 표정으로 계산을 한다. 꽃을 산다는 건 정말이지 익숙해지지 않는 일이다.

골목을 거닐다, 문득 오른손에 들린 꽃바구니를 바라본다. 하나다. 아버지께 카네이션을 선물했던 적이 있었나. 기억이 잘 나지 않는다. 아, 생각해 보니 한 번 있긴 하다. 아주 어렸을 때, 학교에서 색종이로 카네이션을 접어 아버지께 선물했던 적이 있었다. 그때뿐이다. 성인이 되고 선물하려 마음먹은 적이 분명 있었던 것 같은데. 아버지를 떠올리면 이상하게 용기가 나질 않는다. 표현이 보통 없으셔야지… 투덜거리며 아버지의 무뚝뚝한 성격을 탓해 본다. 아무리 그래도 그날 이후 한 번도 아버지께 카네이션을 선물한 적이 없다니, 나도 참 무뚝뚝한 아들이다.

걸음을 멈추고, 그 시절을 자세히 떠올려 본다. 고사리 같은 손으로 아버지의 가슴팍에 카네이션을 달아드리던 그 시절, 아버지는 희미하게 웃으셨다. 눈에 띄는 표현을 하지는 않으셨지만, 분명 누구보다 행복하게 웃으셨다.

발길을 돌린다. 다시 마트에 들러, 마지막 남은 카네이션 바구니를 들고 계산을 한다. 만 원이다. 아버지께서 이런 낯간

지러운 선물을 좋아하실까 싶다. 어차피 결국 시들어 버릴게 뻔한 데 말이다. 돈 아깝게 뭐 이런 걸 샀냐며 핀잔을 줄게 뻔하다. 대문을 열고 쭈뼛쭈뼛 집으로 들어선다. 조용하다. 조심스레 신발을 벗고 들어가 안방 문을 열어 보니, 나란히 잠들어 계신 두 분 모습이 보인다. 머리맡에 각각 카네이션 바구니를 조심스레 내려놓는다. 아버지의 머리맡에 놓인 카네이션 바구니가 유독 어색하게 느껴진다.

　다음 날, 아버지의 카톡 프로필 사진은
　만 원짜리 카네이션 바구니로 바뀌어 있었다.

충고와 공감의 순서

    감당할 수 없는 슬픔을 마주했을 때, 가장 먼저 떠오르는 사람이 있습니다. 그 사람은 분명 나의 마음에 가장 많은 영역을 차지하고 있는 사람, 나의 이야기에 가장 깊이 공감해 줄 사람, 그렇게 나의 아픔을 누구보다 가까운 곳에서 어루만져 줄 사람일 것입니다. 그러나 그럴 거라고 믿었던 그 사람의 행동이 예상과 전혀 다르다면, 나의 슬픔을 그 모습 그대로 바라보는 것이 아니라, 자신의 시선으로 판단하려 하는 모습을 보게 된다면, 그 실망감은 관계 자체를 흔들기에 충분할 것입니다. 가장 사랑하는 사람에게 슬픔을 의심받을 때. 힘들게 꺼내 놓은 아픔을 두고, 옳고 그름을 판단받아야 할 때, 언제부턴가 공감받기를 포기하고 있는 나 자신을 발견할 때, 우리는 관계의 끝을 예감하게 됩니다.

'너는 항상 작은 것도 예민하게 받아들이는 버릇이 있는 것 같아.'

'그게 그렇게까지 고민할 일인지 잘 모르겠어.'

'나는 솔직히, 네가 이럴 때 이해가 안 가.'

'지금은 그런 걸로 시간을 허비할 때가 아니야.'

우리는 대부분 상대의 아픔에 자신도 모르게 개인적 시선을 섞습니다. 타인의 아픔에 공감하기보다는 자신의 판단을 앞세우곤 합니다. 이게 그렇게 힘들 만한 일인지. 이게 이렇게 아파할 일인지. 아픔의 시간에 너무 길게 머무르는 것은 아닌지. 그렇게 자신이 겪지 못한 상대의 상황을 추측만으로 가볍게 여기는 실수를 범하곤 합니다. 자신의 잣대로 판단하고, 마치 정답을 아는 것처럼 상대의 등을 떠밀려 합니다. 그렇게 타인의 아픔을 자신이 해결할 수 있을 거라는 자만에 빠지고, 일어날 힘도 없는 상대에게 걸으라고 충고하곤 합니다.

아픔에 가장 먼저 필요한 것은 공감이고, 그 이외의 것은 그다음 문제일 것입니다. 새로운 길을 제시해 주고, 또다시 찾아올 아픔에 견딜 수 있는 힘을 심어 주는 것은 공감으로 상대를 안아 주고 난 뒤로 미뤄 두어도 충분합니다. 소중하다면, 상대의 아픔을 진정 안아 주고 싶다면, 상대가 아프지 않기를 진심으로 바란다면, 상대의 아픔을 자신의 기준으로 바라보는 것이 먼저가 되어서는 안 될 것입니다. 당신의 아픔에 공감이라는 온기를 전해 주는 사람, 어떤 상황에서도 당신의 아픔을 의심하지 않는 사람, 당신의 아픔을 그 모습 그대로 바라봐 주는 사람. 그런 사람이야말로, 언제까지나 당신을 변함없이 사랑해 줄 사람일 것입니다. 섣부른 충고는 괜찮습니다. 충고는 공감의 뒷자리가 어울립니다.

다툼의 시간에

사소한 다툼으로 멀어짐을 선택했던 관계가 있었습니다. 그 당시의 다툼에만 몰두하느라 긴 시간 쌓아 왔던 믿음을 외면해버린 관계가 있었습니다. 미움이라는 순간적인 감정에만 사로잡혀, 그동안의 추억들을 제대로 바라보지 못했던 후회의 시간들이 있었습니다.

관계의 문제들은 당시의 상황에 빠져 다른 모든 것들을 잊어버렸을 때 걷잡을 수 없이 커지곤 했습니다. 그러나 작은 다툼으로 소중한 사람을 원망하고, 관계에 대한 회의감마저 느끼고 있던 아픔의 순간들에도 우리 안에는 서로를 향한 짙은 마음이 있었습니다. 미처 돌아보지 못한 수많은 고마움들이 분명 우리의 관계에 짙게 깔려 있었습니다.

하나의 문제로 그간 고마웠던 모든 일들을 덮어버리는 것은 바보 같은 일이죠. 한 번의 다툼으로 그동안의 노력들을 아무것도 아닌 것으로 만들어 버리는 것 또한 해서는 안 될 일입니다. 다툼이 해결해야 할 하나의 과제로 그쳐야지, 그 사람을 향한 생각 자체를 뒤집을 이유가 되어서는 안 될 것입니다.

소중함은 평범하고 은은합니다. 반면 아픔과 미움은 자극적이죠. 그러므로 미움이 가득 차 있을 때, 소중함을 쉽게 인식하지 못합니다. 미움이 소중함을 뒤덮어버릴 만큼 강렬하기 때문에, 우리는 서로에 쉽게 상처를 주게 되는 것이겠죠. 하지만 우리의 일상은 소중함으로 가득 차 있습니다. 지금 이 순간에도 서로가 인식하지 못한 채 지나치는 고마움들이 분명 우리의 곁에 쌓여 가고 있습니다. 사소한 다툼으로 생겨난 미움이 그동안의 추억들을 침범하지 않아야 합니다. 한 번의 상처로 그간 쌓아 온 모든 진심을 부정해서는 안 됩니다. 미움에 집중하기엔 우리가 쌓아 온 추억들이 너무도 찬란합니다.

미처 돌아보지 못한 수많은
고마움들이 분명 우리의 관계에
짙게 깔려 있었습니다.

서로를 향한 걸음

　　소중한 사람과의 관계를 유지하기 위해 행복한 시간을 만드는 것도 물론 중요하지만, 그보다 더욱 중요한 것은, 서로에 쌓인 갈등을 현명하게 해결하는 일입니다. 그러나 막상 상황이 닥쳐오면 생각처럼 쉽지 않죠. 자신의 감정을 억누르고 상대의 마음을 헤아린다는 것이 결코 쉬운 일이 아니기 때문입니다. 그러나 갈등을 해결하는 게 어려운 더 큰 이유는 어느 한쪽의 노력만으로는 해결이 불가능하기 때문일 것입니다.

한 사람이 있었습니다. 어떤 상황에서도 자신보다 상대를 우선시하는 사람. 상대가 자신을 상황을 이해해 주지 않더라도, 자신의 감정을 존중해 주지 않더라도, 그런 상대조차 이해하고 품어 주는 사람. 자신을 희생하면서까지 조건 없는 사랑을 베푸는 그를 바라보며 몹시 대단하다 생각했지만, 그도 결국은 사람이었습니다. 그는 상대를 위한다는 명목으로 자신을, 나아가 상대를 향한 자신의 사랑까지 스스로 갉아먹었다고 했습니다. 그는 자신이 그 사람을 온전히 이해한 게 아니었다고, 자신도 모르는 새 상대에게 실망을 거듭해 왔다고 했습니다. 그는 결국 상대의 손을 놓았습니다.

갈등을 해결하는 방법에는 여러 가지가 있지만, 어느 한쪽이 일방적으로 이해를 바라는 것도, 무조건적으로 이해하는 것도 바람직한 것은 아닙니다. 우리는 사랑을 하는 매 순간 선택을 합니다. 서로를 향해 걸어갈 것인가, 한 발짝 물러날 것인가. 갈등을 해결하는 과정을 통해 우리는 사랑을 확인하기도, 서로의 한계를 깨닫기도 하죠. 결국 어떤 미래를 만나게 될지는 순간의 마음가짐에서 결정됩니다.

물론 가만히 그 자리에 있는 상대를 향해 자신의 상처를 감추고 혼자만 다가가는 것은 쉬운 일이 아닐 것입니다. 그러나 서로가 서로를 향해 진심을 담아 한 발짝씩 다가간다면, 내딛는 발걸음이 그리 무겁지 않을지도 모릅니다. 나를 향한 상대의 따뜻한 마음이, 상대를 향해 한 발 더 내디딜 수 있는 힘을 주기 때문이죠. 혼자는 힘듭니다. 하지만 함께라면 가능하죠. 서로를 위한 진심을 담아 내딛는 걸음. 멀어졌던 서로가 다시 한 번 용기로 맞잡는 손. 그리고 스며드는 감사함.

'우리'는
함께 만들어 가는 것이기에
함께여야만 가능한 것이기에
그토록 아름답습니다.

어린 시절을 간직해요

어릴 적 친한 친구가 전학을 간다고 했을 때, 밤새도록 울었던 기억이 있어요. 이제 와 생각해 보면 참 우스운 일입니다. 그 친구가 이사 가는 곳은 차로 20분밖에 걸리지 않는 곳이었거든요. 그때는 전학을 가면 친구 관계가 영영 끝나는 줄로만 알았답니다. 어린 마음에 다시는 못 볼 거라고 생각했던 걸까요. 몸이 멀어지면 마음도 멀어질 것이라는 불변의 진리(?)를 일찍부터 깨우쳤기 때문일까요. 반 친구들에게 작별 인사를 하고 교문을 걸어 나가던 친구의 뒷모습을 하염없이 바라보던 기억이 납니다. 마음속으로 잘 지내라는 인사를 수없이 되뇌면서 말이에요.

가끔 이런 생각을 해 봅니다. 지금의 나는, 그때의 나와 무엇이 달라졌을까. 지금도 그때처럼 타인을 향해, 이유도, 목적도 없는 순수한 마음을 품을 수 있을까. 나는 무엇을 얻었고, 무엇을 잃었을까. 사실 얻은 것보다는 잃은 게 많은 것 같습니다. 아니, 어쩌면 얻은 것들로, 잊지 말아야 할 중요한 것들을 전부 가려 버린 건지도 모르겠습니다. 사랑을 기억하기보다는 그로 인해 생긴 상처만을 기억하고, 함께했던 순간보다는 떠나간 빈자리에 남은 공허함만을 떠올리고, 그렇게 사람을 두려워하고, 또 밀어내고, 홀로 남겨지고.

가끔은 그 시절을 떠올려보는 건 어떨까요. 누군가를 보다 순수하게 마주했던, 누군가와 함께하고 싶다는 소망 하나로 마음을 다해 울 수 있었던, 누군가를 사랑하는 마음으로 기꺼이 새벽을 채우던 시절. 지금보다 서툴렀지만, 그렇기에 지금보다 솔직할 수 있었던 그때 그 시절. 삶에 치이고, 때로는 상처받더라도 여전히 우리 안에 그 시절의 따듯함이 머물러 있기를 바랍니다. 소중한 사람들과 여전히 그 시절의 우리로 마주할 수 있기를 바랍니다.

어린 왕자 속, 한 문장이 떠오릅니다.
'어른이 되는 건 문제가 아니야, 어린 시절을 잊는 게 문제지.'

우리는 언제나
찬란한 풍경 속에 있다

친구들과 운동장에 누워 가쁜 숨을 내쉬며 하늘을 바라보던 아이들은, 자신들이 지니고 있는 무한한 가능성에 대하여 알지 못했다. 남들과의 비교로 한없이 작아지기만 하던 한 소녀는, 자신의 미소가 봄꽃의 싱그러움을 품고 있다는 것을 알지 못했다. 일상의 틈에 걸터앉아 술잔을 기울이며 왁자지껄 시간을 보내던 어느 친구들은, 자신들의 모습이 어느 노인의 아련한 그리움임을 알지 못했다. 비 오는 날, 집 안에 누워 서로를 바라보며 사소한 농담으로 웃음꽃을 피우던 어느 사랑은, 지금 자신들의 모습이 세상 어떤 영화보다도 아름답다는 것을 알지 못했다. 그들에게 그날은 여느 때와 다름없는 일상의 순간이었다. 보통의 하루, 우리가 자칫 따분하다 여길 수 있는 그 모든 순간들이 기적임을 우리는 잊고 살아간다. 지금밖에 겪을 수 없는 삶의 시기를 지나고 있다는 것을 인식하지 못한 채 살아간다. 우리가 현재의 아름다움을 자세히 들여다보지 못하는 이유는, 지금 우리가 그 풍경 안에 속해 있기 때문이다. 우리는 언제나, 우리가 바라보지 못하는 찬란한 풍경 속에 있다.

Part 2

나에게

식사 메뉴도 고르기 어려운데,

인생의 선택이

쉬울 리 없잖아요

식사 메뉴도 고르기 어려운데,
인생의 선택이 쉬울 리 없잖아요

사랑하는 사람과 함께하는 식사 자리에서 메뉴를 고를 때면, 자주 우유부단해지곤 했습니다. 그 사람이 좋아하는 메뉴를 골라 주고 싶었고, 그로 인해 상대가 나와 함께하는 시간을 행복으로 느끼게 하고 싶었거든요. 나의 의견보다는 상대가 좋아하는 것을 선택하도록 했습니다. 행복해 하는 상대를 바라보는 것이 좋았습니다. 그 사람의 행복이, 밝게 웃는 그 사람의 미소가, 곧 나의 행복이었으니까요. 그러나 인생에서의 선택은 이와 같지 않았습니다.

우리는 삶을 살아가며 꽤 많은 사람들과 관계를 맺고 살아가죠. 사랑하는 가족들과 인생의 절반 이상을 함께 보낸 친구들, 그리고 언제나 나의 편이 되어 주는 사랑하는 사람까지. 관계 속에서 서로는 서로에게 생각보다 큰 영향을 끼치게 됩니다. 소중하기에 피어나는, 그들을 더욱 행복하게 해 주고 싶다는 마음, 나를 향한 그들의 기대를 실망으로 만들고 싶지 않다는 마음이, 때로는 진정 나 자신을 위한 선택을 주저하게 만들었습니다. 너무도 사랑하기에, 그들에게 인정받고 싶었기에, 그들의 뜻을 거스르고 싶지 않았습니다. 나의 인생에서 가장 중요한 자리를 맡고 있는 사람들이기에, 그들이 원하는 모습이 되고 싶었고 그렇게 사랑받고 싶었습니다. 그러나 이제는 알고 있습니다.

인생이라는 식탁의 주인공은 다른 누구도 아닌 '나'라는 것을 말입니다.

중요한 선택을 앞둔 분들에게 전하고 싶습니다. 지금 이 순간이 여러분의 인생에 있어서 첫 번째 선택의 순간일 수도 있고, 새로운 도전을 위한 결정의 순간일 수도 있습니다. 이러한 선택의 순간에 모든 분들이 자신을 위한 선택을 하는 것을 두려워하지 않았으면 합니다. 소중한 사람들을 향한 깊은 마음으로 인해, 자신이 원하는 길을 선택하지 못하는 일이 발생하지 않기를 바랍니다.

사실 그들은 당신의 선택이 당신 삶에 행복을 가져다주기를 진심으로 바라고 있을 것입니다. 하지만 당신을 사랑하는 마음으로 피어난 걱정으로 인해, 그 선택을 지지하지 못할 수도 있습니다. 만약, 그들이 당신의 선택을 지지하지 못하고 있다면, 그들을 설득하는 것조차도 당신의 몫일 것입니다.

자신의 선택을 믿고, 굳건히 나아가는 것. 설사 그 과정이 생각보다 만만치 않을지라도 좌절하지 않고 묵묵히 나아가는 것. 그에 대한 책임은 온전히 자신에 있다는 사실을 명심하는 것. 그리고 이 모든 의지를 사랑하는 사람에게 보여 주는 것. 자신의 선택에 대한 책임이 전부 자신에게 있다는 것은 꽤나 두렵게 다가올지도 모르지만, 스스로 짊어질 용기만

품는다면, 그 어떤 선택도 가능하다는 의미이기도 합니다.

선택에는 책임이 따릅니다.
타인에게 나의 선택을 미루는 것은, 책임을 미루는 것이기도 합니다.

사랑하는 사람들에게 근사한 식사를 대접하고 싶다는 마음 때문에, 정작 자기 자신이 원하는 무언가를 향해 달려가지 못하고 있는 분들이 계시다면, 자신이 주인공으로 초대된 인생이라는 식탁에서 자신이 이루고자 하는 꿈을 마음껏 펼치시기를 바랍니다.

두려워하지 마세요. 그리고 자책하지 마세요.
식사 메뉴도 고르기 어려운데, 인생의 선택이 쉬울 리 없잖아요.

그런 사람이고 싶다

고난이 없기를 기도하기보다,

일상의 소소한 행복을 찾아낼 줄 아는 사람.

생각과 다른 결과에 좌절하기보다,

그 결과를 받아들이고 또 다른 미래를 꿈꿀 줄 아는 사람.

상대가 다가와 주기만을 기다리기보다,

기꺼이 먼저 손 내밀 줄 아는 사람.

타인의 평가에 휘둘리기보다,

스스로의 시선을 믿을 줄 아는 사람.

지나간 인연에 슬퍼하기보다

내 곁을 지키고 있는 인연들에 감사할 줄 아는 사람.

주저 없이 표현하고,

후회 없이 사랑하는 사람.

가끔은,

이 모든 것들을 해내지 못하더라도

단 하나,

나를 사랑하는 마음만은

잃지 않는 사람.

흔들리는 것은

무엇 하나 제대로 해내지 못했던,
끊임없이 스스로를 의심하던 시절.

아버지는 내게 말씀하셨다.

애야,
물에 비친 가로등 불빛이 흔들리는 것은
물결 때문이지, 불빛 자체가 위태롭기 때문이 아니다.

자연이 만든 물결 때문에,

자신을 의심하지 말거라.

흔들리는 물결이 아닌,

잔잔한 호수 속에 비친

온전했던 자신의 모습을 기억하렴.

그것이 진정한 너의 모습이란다.

하루의 끝에서

오늘도 어리숙한,

실수투성이인 내 모습이

다른 사람의 눈에 비쳤겠지.

고단했던 하루.

온종일 다른 사람의 시선에 살았으니

이 새벽, 이 시간만큼은

나의 시선에 살아야지.

네가 최고야.

오늘도 수고했어.

상대의 몫

인간관계에서 쉽게 상처받는 사람의 특징은
모든 것을 혼자서 감당하려 한다는 것입니다.

심한 말을 내뱉은 상대의 잘못을 생각하기보다는
이런 상황을 만든 자신의 문제를 찾아내고

드러내지 않아서
쌓여만 가는 오해를

혼자만 풀어내려 애쓰고

자신을 신경조차 쓰지 않는 사람을

하루 종일 신경 쓰며 시간을 보내죠.

정작 자기 자신은 돌보지 못하면서

혼자서 관계를 돌보기 위해 많은 희생을 치릅니다.

그러나 명심해야 할 것이 있어요.

관계는 '함께' 만들어 가는 것입니다.

혼자서만 애쓴다고 해결될 문제가 아니죠.

혹여나 일시적으로

문제가 해결된다 하더라도

계속해서 이러한 상황이 반복된다면

결국 서로에게 상처만 남긴 채

끝나버릴 것입니다.

자신을 먼저 드러내고
한걸음 먼저 다가가는 것.
그것만으로도 충분합니다.

당연히 함께 짊어져야 할 짐을
혼자서 떠안으려 하지 마세요.

진정 성숙한 관계는
자신의 몫만 있는 것이 아니라
상대의 몫도 있다는 것을,
거꾸로 상대의 몫만 있는 것이 아니라
나 자신의 몫도 있다는 것을
아는 것입니다.

꿈을 이야기하는 방법

꿈을 적는 칸에 대통령을 적어 냈던 아이, 사람들의 가슴을 울리는 영화배우가 되고 싶다던 아이, 작가가 되어 아름다운 세상을 만들고 싶다던 아이. 어린 시절 우리는 내 마음이 외치는 대로 꿈꿀 수 있는 용기를 품고 있었다. 그 시절의 우리는 적어도, 타인이 만들어 놓은 틀 안에 들어가려 발버둥 치지는 않았다. 남들이 그럴듯하게 포장해 놓은 미래에 내 삶을 맡기지는 않았다.

나 또한 어린 시절부터 뜬구름 잡는 소리를 한다는 말을 많이 들었다. 그리고 여전히 이루고 싶은 꿈을 겁 없이 외치며 살아가고 있다. 그러나 때로는 타인의 시선을 의식하며 한없이 작아질 때도, 각박한 현실에서 꿈을 외치는 나의 모습이 철부지처럼 느껴질 때도 있다. 그럴 때마다 나는 자신에게 묻는다. 현실의 어려움을 너무 잘 아는 지금의 나는, 무엇도 꿈꿀 수 없고 꿈꾸어서도 안 되는 것인가. 조금이라도 실현 불가능할 것 같은 꿈은 그저 철없는 소리에 지나지 않는 것인가. 쉽게 이룰 수 있는 목표들만 나열하며 살아가야 하는 것일까. 가슴이 외치는 말들 중에서 실현 가능한 것들만을 골라 입 밖으로 내뱉어야 하는 것인가. 이보다 재미없는 인생이 어디 있을까.

　　세월을 꽤나 머금었음에도 여전히 뜬구름 잡는 소리를 잔뜩 들뜬 목소리로 얘기하는 사람들이 있다. 아이와 같은 순수한 눈망울과, 어떤 어려움도 웃으며 이겨 내겠다는 성숙한 표정으로, 여전히 자신의 꿈을 두려움 없이 얘기하는 사람들이 있다. 그렇다, 그들은 현실을 알고, 꿈 또한 알고 있다. 그들의 눈을 바라보고 있으면 나 또한 덩달아 강해지는 기분이 든다. 아마 그들이 언젠가 그 꿈의 근처에 도달할 것이라는 확신이 들기 때문일 것이다.

이 꿈이 이루어질 것이냐, 그렇지 않을 것이냐. 승리할 것이냐, 패배할 것이냐. 이런 것들은 지금의 우리가 알 수 있는 영역이 아니므로, 그리 중요한 것이 아니다. 분명 꿈이라는 것은, 오늘 우리가 그곳을 향해 한 발짝 나아갔다면 그것으로 제 역할을 다 한 것이다.

그럴 때마다 나는 자신에게 묻는다.
현실의 어려움을
너무 잘 아는 지금의 나는,
무엇도 꿈꿀 수 없고
꿈꾸어서도 안 되는 것인가.

진정 옳은 길

우리는 포기와 선택 사이에서 자주 길을 잃는다. 지금 이 일을 그만두는 것이 나의 끈기가 부족해서인지 아니면 오롯이 나의 선택인 것인지. 나 또한 그런 적이 있다. 나의 선택이 포기를 위한 핑계가 아닐까 전전긍긍하던 때, 미래를 향한 불안함에 무엇도 나의 의지가 아닌 것처럼 느껴지던 때, 도무지 옳은 길이 어디인지 갈피를 잡지 못하던 때. 그러나 이제는 알고 있다.

무엇이 옳은지가 아닌,

내가 무엇을 옳게 만들 것인지가 중요하다는 것을.

무엇을 선택하든 모두 나의 선택이다. 내 삶에서 나의 선택이 아닌 것은 없다. 힘들지만 조금 더 참아 보자며 흐르는 눈물 닦아 내고 여태 걷던 길을 변함없이 나아가고자 하는 선택과 그동안 쌓아 온 많은 것들을 포기하더라도 새로운 길을 향해 발길을 돌리고자 하는 선택. 어느 것도 하찮지 않고, 어느 것도 틀리지 않다.

중요한 것은 내가 나의 선택을 믿을 수 있는지,

그리고 나의 선택을 옳게 만들기 위한 최선의 노력을 기울일 수 있는지다.

어떤 선택이든 나의 선택이라는 사실을 믿는 것, 끊임없이 자신만의 선택을 만들어 가려는 의지를 품는 것이야말로, 진정 옳은 선택을 위한 마음가짐이 아닐까.

원하는 모습으로

사람은 누구나 자신만 알고 있는

여러 모습을 품고 있다.

자신이 가장 편안한 모습,

자신이 가장 자신다운 때.

이러한 모습을 우리는

'진짜 나'라고 부른다.

그리고 그 모습을 솔직하게 드러낼 수 있는

누군가를 기다리고 있는 것이다.

우리는 결국,

자신이 원하는 모습으로

세상에 서 있을 수 있게 만들어 줄 사람을

사랑하게 되는지도 모른다.

외로움이 내게 준 것

인간관계에서 갑작스레 외로움이 찾아올 때가 있습니다. 아무것도 변하지 않았는데, 딱히 누군가 잘못을 한 것도 아닌데, 걷잡을 수 없이 회의감이 몰려들 때가 있습니다. 내 맘 같지 않은 상대에 무너졌던 나날들, 미처 보듬지 못하고 지나쳤던 내 안의 상처들, 최선을 다했지만 결국 뜻대로 되지 않은 관계들. 이 모든 것들이 마음에 쌓여 참을 수 없는 외로움을 느끼게 하죠. 이런 시간들은 타인과의 관계에 끝까지 최선을 다했던 사람들에게 찾아옵니다.

이러한 시기에 내가 진정 해야 할 일은, 그동안 소홀했던 나 자신과의 대화입니다. 다른 사람을 챙기느라 미처 들여다보지 못한 나 자신과의 진심 어린 소통입니다.

외로움이란 스스로를 챙기지 못하는 나를 향해, 내 마음이 외치는 목소리입니다.

이제 그만 다른 사람이 아닌, 나를 바라봐 달라는 내 마음의 하소연입니다.

아무도 나의 마음을 알아주지 못할 것 같고, 그렇기에 누구에게도 털어놓고 싶지 않다는 생각이 드는 지금이야말로, 비로소 나 자신과의 진짜 대화를 시작할 때가 찾아온 것인지도 모릅니다. 타인이 아닌, 나를 위한 시간들을 만들어 갈 때가 찾아온 것인지도 모릅니다.

이제 당신에게 물어볼 때입니다. 그리고 당신의 이야기를 들어줄 차례입니다.

그동안 홀로 많이 아팠을 당신을, 타인에게 해 주었듯 힘껏 안아 줄 때입니다.

성장의 시기는,
외로움이라는 모습을 띄고
우리에게 찾아옵니다.

외로움이란 스스로를
챙기지 못하는 나를 향해,
내 마음이 외치는 목소리입니다.
이제 그만 다른 사람이 아닌,
나를 바라봐 달라는 내 마음의
하소연입니다.

우울에 비친 나

　자신을 마주하는 일은 두렵다. 다른 사람과의 비교로 수
차례 무너져야만 하고, 부족해 보이는 자신의 모습을 바라보
며 끊임없이 서러워야 하고, 또다시 자신을 미워하고, 한 번
더 용기를 내보고. 그럼에도 도무지 사랑스러워지지 않는 자
신의 모습 앞에서 또다시 좌절하고. 그렇게 스스로를 가둔다.
한심하다. 이러고 있는 내가 싫다. 내가 느끼는 감정이 싫다.
주저앉은 내가 싫다. 초라한 내가 싫다. 사랑받고 싶어 하는
내가 싫다. 아픈 내가 싫다. 나는, 내가 싫다. 자신을 향한 증오

가 도저히 사라지지 않는다. 그저 평범하게 살아가고 싶을 뿐인데. 그저 행복하고 싶을 뿐인데.

　우울은 모든 것을 자신의 잘못으로 만든다. 이렇게 되어 버린 상황, 변해 가는 사람들의 눈빛, 혼자 남겨진 나, 그리고, 나를 무너지게 만든 이 아픔까지. 모두 나의 잘못이다. 우울은 나를 사랑으로 바라보지 못하게 한다. 우울은 나를 미워하게 한다. 우울은 '나'를 앗아간다. 내 안을 비우고 나를 차지한다. 그렇게 우울은 내가 되어 나를 바라본다. 우울이 보는 '나'는 못났다. 그러나 그것은 사실이 아니다.

　우리는 타인을 바라볼 때 꽤나 관대하다. 부족한 모습을 보이더라도, 그 사람의 특징 중 하나라 여길 뿐이다. 그 사람의 전부를 안다고 착각하거나, 자신의 시선이 모두의 생각일 거라는 자만에 빠지지 않으려 노력한다. 하지만 '자신'을 바라볼 때에는 이러한 건강한 생각들을 적용하지 않는다. 나의 시선을 확신하고 자신을 바라본다. 스스로의 부정적 시각을 당연하게 믿는다.

우울로 자신을 바라보고 있는 당신에게 말하고 싶다.

당신의 모습은 당신이 바라보는 것보다 아름답다.

당신은 모른다. 어떻게든 살아 내려, 끝없는 좌절에도 자신에게 행복을 선물하려 최선을 다하고 있는 당신의 모습이 얼마나 아름다운지. 당신 모습 그대로를 진심으로 사랑하려 애쓰고 있는 당신의 모습이 얼마나 사랑스러운지. 당신은 잘못이 없다. 그저 누구보다 잘하고 싶고, 누구보다 떳떳하고 싶고, 누구보다 멋지게 살아가고 싶고, 누구보다 사랑받고 싶고, 누구보다 행복하고 싶은 사람일 뿐. 괜찮아. 가끔은 하루 종일 무너져 있어도 괜찮아. 가끔은 노력하지 않아도 괜찮아. 가끔은 아무것도 아닌 일에 바보처럼 울어버려도 괜찮아. 가끔은 이유 없이 아파해도 괜찮아. 가끔은 그래도 괜찮아. 그게 당신. 그저 그게 당신. 그 모습 전부가 당신. 그래서 사랑스러운 당신. 그저, 그게 나. 그런 나.

과거의 나

현재의 아픔으로 인해,

과거의 자신을 원망하는 사람들이 있습니다.

무엇부터 잘못된 것인지,

어디부터 어긋난 것인지.

자신의 과거를 거슬러 올라가며

잘못들을 하나둘 찾아내곤 하죠.

누구나 그럴 때가 있습니다.

도저히 나아질 것 같지 않은 현실 앞에서

나아갈 방향을 잃어버린 때.

어디로, 어떻게 나아가야 할지 몰라,

자꾸만 뒤를 돌아보게 되는 때.

하지만

과거의 자신을 원망함으로써 얻게 되는 것은 편안함이

아닌,

미움이라는 또 다른 부정적 감정이었습니다.

우리는 자주 잊어버립니다.

내가 살아온 과거 또한

최선을 다해 겪어 낸

나의 삶이라는 것.

그 시기의 역량과

그 시기의 노력으로

온 힘을 다해 걸어온

나의 이야기라는 것을 말이죠.

더 나은 미래의 나를 위해,

자신의 온 힘을 다하던 과거의 나는,

정말 원망하고,

미워해야 할 대상일까요.

그때의 나는,

지금의 나를 그리며 어떤 생각을 하고 있을까요.

때로는 과거의 자신이

부족하게 느껴질 수 있습니다.

하지만

과거의 우리를 바라보는 것 또한

현재 우리의 시선일 뿐입니다.

당신의 과거를 용서하세요.

당신의 과거를 사랑하세요.

그리고 오늘을 살아가세요.

언젠가 과거가 될

지금의 나를 위해.

타인의 아픔

아픔의 정도마저 비교 대상이 되는, 아픔의 이유를 설명해야 하고 그 이유의 적합성을 판단받아야만 하는 시대. 모든 아픔이 의지로 해결될 수 있다고 믿는 사람들. 아픔을 해결하지 못하는 것을 나약함으로 가볍게 치부해 버리는 세상. 우리는 타인의 아픔을 공감하는 것에 너무도 인색하다. 누군가 당연히 살아 내는 오늘이, 누군가에게는 죽기보다 힘든 나날일수 있고, 내일의 해가 뜬다는 것이, 누군가에게는 참을 수 없는 두려움일 수 있다. 각자의 아픔을 각자의 잣대로 판단할 수 없음에도 우리는 너무도 간단히 타인의 아픔에 개인적 의견을 보탠다. 우리는 타인의 아픔을 온전히 느낄 수 없다. 그렇기에 타인의 아픔은 각자의 입맛대로 재단할 수 있는 것이 아니다.

어릴 적 가장 친한 친구의 고모가 돌아가신 날을 기억한다. 난생처음 겪는 누군가의 죽음이었기에 모든 것이 낯설었다. 하지만 처음 가 본 장례식장보다, 언제나 밝았던 친구의 슬픔 가득한 표정보다 낯설었던 것은, 내가 느끼는 슬픔의 정도가 생각보다 깊지 않았다는 사실이었다. 분명 아팠지만 나는 친구와 같은 표정을 짓지 못했다. 아무 말없이 눈물을 삼켜 내던 친구를 바라보며, 같은 아픔을 느끼지 못하는 자신에게 견딜 수 없는 부끄러움을 느꼈다. 너무도 이른 나이에 맞닥뜨리게 된 사랑하는 사람의 죽음, 그토록 가혹한 현실을 겪어 내고 있는 친구를 위해 해 줄 수 있는 것은 가만히 곁에 있어 주는 것. 사랑하는 친구를 위해 이토록 단순한 행위밖에 할 수 없다는 사실이 괴로웠다. 그날 밤 나는 잠을 이루지 못했다.

인간은 마치 모두가 서로 고립된 섬에 살고 있는 것과 같아서 서로를 온전히 이해하지 못한다. 서로의 슬픔을 온전히 어루만져 주지 못한다. 아무리 노력해도 결국 서로의 마음에 건너가지 못한다. 야속하지만 누군가의 아픔에 타인이 해 줄 수 있는 일은 그리 많지 않을 지도 모른다. 하지만, 그럼에도 우리가 할 수 있는 일은 분명 존재한다.

묵묵히 곁을 지켜 주는 것. 비록 온전히 느끼지 못하더라도 상대의 마음을 끝까지 바라봐 주는 것. 그렇다. 우리는 서로에 건너갈 수 없지만, 그렇게 서로를 바라볼 수는 있다. 영원히 건널 수 없는 강을 사이에 두고서라도 끝까지 서로의 마음을 들여다보려는 노력을 멈추지 않을 수 있다.

나는 이제 내가 타인의 아픔을 온전히 이해할 수 있으리라 기대하지 않는다. 또한 타인이 나의 아픔을 깊숙이 느낄 수 있으리라 생각하지도 않는다. 그저 서로의 곁을 지키는 것, 그것으로 충분하다. 바람이 있다면, 소중한 사람이 아플 때, 내가 그 사람 곁에 가까이 서 있을 수 있기를. 곁에서 조금이라도 그 아픔을 나눠 가질 수 있기를. 나라는 사람이 타인의 마음에 조금의 공감이라도 전할 수 있는 깊이를 가질 수 있기를.

그렇게 소중한 사람의 마음에
아주 작은 온기라도 전할 수 있기를.

내가 여기 있다고,
당신 곁에 있다고.

그저 서로의 곁을 지키는 것,
그것으로 충분하다.

가면

이런 생각을 해본 적이 있다. 나의 아픔이 타인에게 어떤 모습으로 비춰질까. 그저 자신의 상황과의 저울질로 안도감을 주거나, 단순히 궁금증을 해소시켜 줄 가벼운 가십거리에 지나지 않는 것이 아닐까. 문득 찾아온 이러한 생각들은 슬프게도 적중할 때가 많았다. 소중하다 생각했던 그들의 그러한 눈동자는 스스로를 가두는 데 충분한 명분이 되었다. 어쩌면 우리는 상처로 만들어진 가면을 벗겨내는 과정을 매 순간 겪어내며 살아가는 것이 아닐까. 아니면 벗겨 내기를 실패한 채

가면 속에 자신을 숨기고 살아가기를 선택하는 것이 아닐까.

대부분의 사람들이 인간관계에 두려움을 품고 있다. 자신의 마음을 숨김없이 드러내는 것이, 그로 인해 받게 될 상처가, 아니 어쩌면 타인에 또다시 실망하게 될 자신이 두려운 것이다. 언제부턴가 상처를 무릅쓰고 상대에 다가가는 것은 미련한 것이 됐다. 가면을 벗고 타인을 마주하는 것은 순진한 행동이다. 두려움이라는 벽을 넘어 타인에 손을 뻗는 것은 멍청한 행동이다. 솔직한 것이 약점이 되어 간다. 자신을 숨기는 것이 현명한 것이 되어 간다. 그렇게 우리는 껍데기뿐인 관계가 되어 간다. 이제 가면이 잘 벗겨지지 않는다.

선

세상 모든 것에는 침범하지 않아야 할 선이 있다.

꿈을 향하되

그 꿈에 삶이 잡아먹히지 않도록 하는 것.

최선의 노력을 기울이되

그로 인해 그 시간 전부를 불행하게

만들지 않는 것.

미래에 커다란 희망을 품되

그로 인해 현재를 아무런 의미가 없는 것으로

만들지 않는 것.

관계를 지키되

그로 인해 자신을 망가뜨리지 않는 것.

선을 지키지 않으면,

행복하기 위해 했던 모든 일들이

거꾸로 나를 불행하게 만들 수 있다.

사랑으로

자신에게 절대로 해선 안 되는 행동이 있다. 그것은 바로, 자신을 동정하는 것이다. 자신의 상황이 다른 사람에 비해 좋지 않고 노력에 비해 나타나는 결과가 크지 않더라도, 그래서 때로 좌절하고, 무너지더라도 결코 자신을 동정해선 안 된다. 동정은 스스로 일어날 힘을 앗아간다. 자신의 삶을 불쌍하게 바라보는 것은 자신이 계속해서 그 자리에 머무를 것이라 단정 짓는 것과 같다. 스스로의 아픔을 받아들이고 이해하는 것, 그로 인해 쏟아지는 눈물을 참지 않는 것, 그 정도면 충분하다. 자신은 동정해야 할 존재가 아니다. 자신은 불쌍하게 여겨야 할 존재가 아니다. 자신은 사랑해야 할 존재다.

명심하자.

진정 누군가를 일으키는 것은
동정이 아닌, 사랑이다.

이해란

나와 비슷한 성향의 사람을 이해하는 것은 작은 노력으로도 충분합니다. 어렵지 않게 충분한 공감을 이끌어 낼 수 있고, 적절한 위로를 상대에게 건넬 수도 있죠. 그러나 나와 다른 부분이 많은 타인을 이해하는 데는 어려움이 따릅니다.

우리는 무의식적으로 현재의 자신이 공감할 수 있는 틀 안에서 타인을 이해하려 노력합니다. 그 과정에서 나의 지난 경험을 꺼내 오고, 상대의 상황에 나를 대입하여 상상해 보기도 하죠. 하지만 명심해야 할 것은, 그 모든 행위들 역시 자신의 테두리 안에서 벌어지는 일이라는 것입니다.

사람은 자신을 바탕으로 사고합니다. 타인을 향한 어떤 이해나 공감도, 자신을 완전히 배제할 수는 없죠. 그렇기에 우리는 나와 다른 타인의 모습을 있는 그대로 바라보려 노력해야 합니다. 자신의 시선으로 바라보는 타인의 모습이 정답이 아닐 수 있다는 생각을 품어야합니다. 나도 모르게 나의 기준을 상대에 대입하고, 그로 인해 상대를 틀린 것이라 치부하는 실수를 범해서는 안 됩니다.

어쩌면, 나와 비슷한 사람을 이해하는 것은
그리 어려운 일이 아닌지도 모릅니다.

진정 우리가 노력해야할 것은,
테두리 밖의 타인을 이해하는 일입니다.

자신과 다른 타인을

있는 그대로 바라보려는 마음을 갖는 것 입니다.

많은 것을 나누지 않았음에도 편안한 사람이 있습니다. 함께해 온 시간이 길지 않음에도 만남이 부담스럽지 않은 사람. 나를 온전히 인정해 주는 사람. 자신과 다른 여러 부분들을 아무런 편견 없이 바라봐 주는 사람. 그렇기 때문에 나를 드러내는 일이 어렵게 느껴지지 않는 사람. 그런 사람들은 상대에 자신이 모르는 미지의 영역이 존재한다는 사실을 명확히 인지하고 있는 사람입니다. 이해란 그런 것이에요. 자신의 선 너머의 타인을 온전히 바라볼 줄 아는 것. 자신의 영역을 뛰어넘어 타인을 받아들이고자 하는 마음. 이해란 상대의 다름을 인정하는 것에서부터 시작되는 것입니다.

나만의 모양

누군가 그랬다. 사랑은 퍼즐 조각처럼 서로에 자연스레 맞춰지는 것이라고. 물론, 처음부터 완벽하게 들어맞는 것이 아닌, 어느 정도 자신과 맞는 사람을 만나 부족한 부분을 메꾸거나 삐져나온 부분을 잘라 가는 과정이라고. 사랑을 하며 우리는 자신의 많은 부분들을 변화시킨다. 상대의 행복을 바라는 마음과, 상대를 아프게 하지 않으려는 노력으로, 자신도 모르는 새 상대에게 딱 맞는 사람이 되어 간다. 각기 다른 환경에서 자라 오고, 전혀 다른 경험들을 겪으며 살아왔지만,

이 모든 것들이 무색할 만큼 서로를 위해 기꺼이 자신을 변화시킨다. 상대의 마음을 알아 가고, 자신의 진심을 표현하고, 그렇게 서로에 물들어 간다.

그럼에도 불구하고, 이별을 한다. 그토록 커다란 빈 공간도 채워 가며 사랑했는데, 메꾸어야 할 공간이 얼마 남지 않았는데, 결국 최후의 어긋남을 견디지 못하고 상대에 맞춰진 자신의 모습을 그대로 간직한 채, 서로에게서 떨어져 나간다. 그렇게 홀로 남겨진다. 그 사람에게 많은 부분이 맞춰진 채로, 자신의 본연의 모습을 까맣게 잊어버린 채로 말이다.

이전 사랑의 깊이가 깊을수록, 다음 사랑을 하기까지 시간이 필요할 것이다. 이전 사랑에 깊이 스며들었던 지난날의 나를 내가 기억하기 때문에. 상대를 위해 변화시킨 나의 모습이 내 안에 여전히 남아 있기 때문에. 깊은 사랑은 나의 모습에 남는다. 그 사람의 잔상이 나의 습관 속에 고스란히 녹아든다. 우리는 그 속에서 오래도록 헤어 나오지 못한다.

그러므로 시간이 필요하다. 습관 속에서 그때의 나를 지워낼 시간. 다른 습관으로 내 삶을 채울 시간. 그 사람이 떠나간 뒤, 그 사람을 사랑하기 전의 내 모습이 잘 기억나지 않을지도 모른다. 때로는 혼자 남겨진 내가, 그 사람이 없는 나의 모습이 보잘것없게 느껴질지도 모른다. 그러나 확실한 건, 그 사람에 맞춰지기 전 당신의 모습 또한 분명, 눈부시게 아름다웠다는 것이다.

이제는 원래의 모습을 찾아갈 시간이다. 자신을 위한 시간으로 삶을 채울 시기이다. 새로운 습관들로 나만의 모양을 만들어야 할 때이다. 그렇게 예전의 나를 되찾을 때, 문득 떠오른 기억에도 덤덤하게 일상을 걸어갈 수 있을 때, 자신을 향한 사랑을 넘치도록 품을 수 있을 때. 그때가 되면, 다시 한 번 새로운 사랑을 시작할 수 있을 것이다.

작은 변화

스스로를 믿지 못한다는 사실만으로
우리는 무엇도 시작하지 못한다.

자신감 하나 잃은 것만으로
그에 얽힌 많은 것들이 무너져 내린다.

자신을 사랑하지 않는다는 사실만으로
우리는 살아갈 이유를 잃을 수 있다.

현재의 절망을 벗어나기 위해

대단한 무언가를 변화시켜야 한다고 생각하기 쉽지만,

변화의 물결은

아주 작은 것에서부터 시작된다.

스스로에게 할 수 있다는

자신감을 심어 주는 것.

내가 해내지 못한 것들보다는

지금껏 이루어낸 사소한 것들을 떠올려 보는 것.

나의 작은 노력에

커다란 응원을 보낼 줄 아는 것.

나의 평범한 일상을

특별한 마음으로 사랑할 줄 아는 것.

이런 작은 물결이 모여,

내 삶 전체를 변화시킬 커다란 파도를 만든다.

내가 해내지 못한 것들보다는

지금껏 이루어낸 사소한 것들을

떠올려 보는 것.

할 수 있어

세상엔 나를 두렵게 하는 많은 것들이 있고,

그로 인해 스스로를 믿지 못하게 되는 순간들이 있다.

나아가기 전부터

좌절을 떠올리고,

이루어 내지 못한 자신의 모습을

먼저 떠올린다.

우리는 도전이라는 이름 앞에서

그렇게 무너지고,

자주 발길을 돌린다.

그러나 가끔은,

아주 가끔은

어떠한 설명도,

어떠한 이유도 필요 없이,

나 자신을 향해

이 다섯 글자를 외쳐야만 하는 때가 있다.

"야, 할 수 있어."

Part 3

당신에게

상처 확인하기

상처 확인하기

길을 걷다 넘어졌을 때

가장 먼저 해야 할 일이 무엇일까요.

얼른 주변을 둘러보고,

사람들에게 뒤처지지 않기 위해

벌떡 일어나는 것도 좋겠지요.

넘어진 김에 온몸에 힘을 빼고,

푸른 하늘을 바라보는 것도 좋겠어요.

펑펑 울어 보는 것은 어떨까요.

이제야 제대로 나아가기 시작했는데,

또다시 이런 시련이 찾아왔다며

서럽게 흐느껴 보는 것도 좋을 것 같습니다.

어느 쪽이든

마음이 향하는 대로 해도 괜찮아요.

크게 소리 지르며 화를 내도 좋고,

속상함에 마음껏 흐느껴도 좋습니다.

그러나 이것 하나만 기억하세요.

어릴 적 우리가 넘어졌을 때

가장 먼저 했던 것은

상처를 '확인'하는 일이었다는 것을 말이에요.

당신의 상처를 확인하지도 않은 채

다른 사람에게 뒤처지지 않기 위해

무리하게 달려가거나,

타인의 시선 때문에 자신의 상처를

가볍게 여기지 않았으면 합니다.

당신의 상처를 확인하고,

충분한 시간을 가지세요.

다른 사람의 시선 때문에

자신의 아픔을 간과하지 마세요.

잊지 말아요.

당신이 겪은,

혹은 앞으로 겪게 될 크고 작은 시련들.

그 과정 속에서 생기는 마음속 상처의 크기는

그 누구도 아닌,

당신만이 온전히 알 수 있다는 사실을.

당신의 상처를 확인하고,

충분한 시간을 가지세요.

다른 사람의 시선 때문에

자신의 아픔을 간과하지 마세요.

당신이라는 존재

주변을 둘러보면 사회적 위치에 따라 스스로를 바라보는 시선도 함께 변하는 사람이 있습니다. 퇴사 후 자신감을 잃어가는 사람, 남들이 알아주는 직장에 들어가지 못한 자신을 끊임없이 비관하는 사람, 원하는 연봉을 달성하지 못해서, 비싼 차를 타지 못해서, 다른 사람보다 높이 올라가지 못해서.

우리는 자신도 모르게 위치만으로 자신의 가치를 판단하곤 합니다. 사람은 끊임없이 욕망하는 동물이기에 자신의 상황에 쉽게 만족하지 못하죠. 계속해서 더 많은 것을 원하기 때문에, 원하는 자리에 있는 때보다 그렇지 못하는 때가 많을 겁니다. 그렇다면 우리는 대부분의 인생을 불행하게 살아야 하는 걸까요. 남들을 그저 부러워하며, 원하는 위치에 오르지 못한 자신을 끊임없이 자책하며 살아야만 하는 것일까요. 그렇지 않을 것입니다. 위치가 우리의 가치 전부를 결정짓는 것은 아니니까요.

이런 생각을 해보았습니다. 우리는 어딘가에 도달하기 위해서가 아닌, 그곳이 어디든, 심지어 아무것도 없는 길 한복판일지라도 온전한 나로서 존재하기 위해 살아가는 것이 아닐까.

사람은 누구나 다른 사람들과 자신을 비교하며 살아갑니다. 타인의 화려한 모습에 자신을 초라하게 느끼기도 하고, 자신감을 잃어가기도 하죠. 조금만 고개를 돌려도, 세상은 나를 아프게 하는 것들로 가득 차 있습니다. 하지만 그럼에도 우리가 무너지지 않고 살아갈 수 있는 이유는, 스스로를 향한 진심이 있기 때문일 것입니다.

배경이 만들어 낸 내가 아닌, 있는 그대로의 나 자신을 바라봐 주고, 다른 사람에 의한 것이 아닌, 나만의 이야기를 응원하는 마음. 어떤 위치를 계속해서 바라기보다, 내가 발 딛고 선 이곳에서 당당한 나 자신으로 존재하려는 마음. 그리고 스스로를 사랑한다면 그곳이 어디든 분명 행복이 머무른다는 사실을 의심하지 않는 마음. 온전한 자신을 위해 꼭 품어야 할 마음일 것입니다.

당신은 소중합니다.
당신이라는 존재, 그 자체로 말이죠.

나를 일으키는 것들에 관하여

"예민한 성격을 가진 우리가 혼자서 해결하지 못하는 고민들을 서로에게 시시콜콜 털어놓지 않았다면, 아마 우리는 진즉에 스트레스로 죽어 버렸을지도 몰라."

친구와 서로의 고민을 털어놓다, 또 한 번 서로의 존재에 감사함을 느꼈다. 농담 섞인 말이었지만, 우리는 서로의 감정과 생각을 공유할 수 있다는 게 얼마나 감사한 일인지 너무 잘 알고 있다.

언젠가 친구가 말한 적이 있다. 좋은 사람이 되고자 하는 사색으로 빚어낸 아름다운 선물을 매 순간 주고받는 것이, 바로 '대화'라고 말이다. 아무런 고민 없이 전화를 걸 수 있는 사람이 곁에 존재한다는 것. 삶의 사이사이에 찾아드는 갈증의 타이밍마다 함께 술잔을 기울여 줄 사람이 곁에 머무른다는 것. 이러한 사실은 삶이라는 비탈길 위에 선 나를, 가장 건강한 방식으로 부축한다. 단순히 삶을 공유하는 것을 넘어, 온전한 나의 모습으로 존재할 수 있도록 한다. 그렇게 두려움 없이 세상을 마주할 수 있게 한다.

감사한 일이다. 조금의 비용도 지불하지 않고 매 순간 서로에게 값진 선물을 건넬 수 있다는 사실이. '함께'는 위대하다. 함께한다면 우리는 아주 사소한 행동만으로도 서로에게 짙은 감동을 안겨 줄 수 있다. 필요한 건 약간의 시간과, 서로를 향한 진실된 마음뿐이다. 이 두 가지면 우리는, 언제까지나 서로의 마음속에 은은한 온기를 전할 수 있을 것이다.

소중함의 이유

주위를 둘러보면 소중한 사람들이 많을 겁니다. 그들이
당신 곁에 머무르는 이유가 무엇인지 생각해 본 적 있나요.
스쳐 지나는 수많은 사람 중에서 어떤 이유로 당신을 소중하
게 여기고 있는지 말이에요.

그들에게 왜 당신 곁에 머무르는지 묻는다면,
그들은 이유를 찾지 못할 겁니다.

왜냐하면 그저 '당신'이기 때문일 테니까.

'당신'이라서 소중하고,

소중한 사람이 '당신'일 뿐.

다른 이유는 없을 테니까.

스스로를 사랑하기는 참 어려운 일이죠. 더 나은 사람이고 싶은 욕심과 잘 해내지 못했다는 자책까지. 자신조차 받아들이기 힘들 만큼 부족한 모습으로 스스로를 외면했던 순간들이 있을 겁니다. 그렇게 스스로를 외면했던 순간에도 변함없이 곁에 머물렀던 소중한 사람들을 잊지 않았으면 좋겠습니다.

우리는 아름답지 않은 곳에 오랜 시간 머무르지 않죠.

사람도 마찬가지일 것입니다.

당신이라는 이유로

계속해서 곁에 머무르는 사람이 있다면,

그것은 당신이 아름다운 사람이라는 뜻입니다.

당신이라는 사람은 존재 그 자체만으로 충분히 소중하다는 것. 그리고 이러한 사실을 곁에서 증명하고 있는 그들의 고마운 마음들을. 언제까지나 뜨겁게 간직할 수 있었으면 좋겠습니다.

함께라서 얻을 수 있는 행복들이
참 많이 있습니다.

서운함을 의심합니다

나는 때때로 소중한 사람들을 홀대했습니다. 편하다는 이유로 쉽게 상처되는 말을 뱉고, 당연하다는 듯 많은 것들을 요구했죠. 문제는 겉으로 보이는 행동뿐 아니라, 마음 안에도 가득했습니다. 사소한 일에도 쉽게 서운함을 품었고, 그 사람의 변화를 당연하게 바랐으며, 내 마음 같지 않은 상대를 향해 거리낌 없이 불만을 가졌습니다.

그러다 문득, 적당한 거리의 사람들에게 더욱 조심스러운,

그들의 잘못에는 한없이 관대한 나 자신을 발견했습니다.

우리는 가까울수록 더 많은 것들을 놓치곤 합니다. 일상 곳곳에 숨어있는 소중한 사람들의 따스한 배려를, 변치 않는 믿음으로 나를 바라봐 주는 그들의 고마운 마음을, 인식하지 못한 채 지나치곤 합니다. 언제나 곁에 있기에 당연시 여기게 되어 버린 것이겠죠. 익숙함으로 그 모든 것들을 가린 채, 부정적인 감정들만을 쉽게 품는 것이겠죠.

지금은 생각합니다.
소중할수록, 무엇도 당연해서는 안 된다는 것을 말이죠.

이제는 나의 서운함을 끊임없이 의심합니다. 상대를 향한 나의 서운함이나 불만의 원인이 진정 상대에게 있는 것인지, 혹시 나만의 이기심으로, 또 한 번 어리석은 마음을 품고 있는 것은 아닌지 말이죠. 이제는 당연하고 싶지 않습니다. 언제까지나 처음의 감사함을 품은 채 사랑하는 사람들을 바라보고 싶습니다. 때로는 적당한 거리의 타인을 바라보듯 조심스

러운 마음으로, 때로는 나 자신보다 그 사람을 위하는 뜨거운

마음으로, 소중함을, 진정 소중하게 대할 수 있도록.

좋아하는 것

저의 친구는 가구를 만듭니다. 그는 공방에 하나둘 늘어나는 기계들을 바라보는 것이, 자신의 가장 큰 행복 중 하나라고 합니다. 당연하다는 듯, 수입의 대부분을 새로운 기계를 들이는 데 사용하죠. 기계가 늘어날수록 자신이 원하는 디자인의 가구를 다양하게 만들 수 있다며 아이처럼 좋아하곤 했습니다. 또한 그는 늦은 시간까지 자신의 공방에서 시간을 보냅니다. 남들이 퇴근할 시간에 저녁을 먹고, 또다시 출근을 합니다. 누가 시키지도 않았는데 말이죠.

언젠가 이 친구의 공방에 놀러 간 적이 있습니다. 책장에는 자신이 디자인한 가구가 그려진 파일이 잔뜩 쌓여 있었어요. 새삼스럽지는 않았습니다. 함께 웃고 떠드는 시간에도 갑작스레 떠오른 아이디어를 자신의 휴대폰에 그려서 저장하던 친구였거든요. 세상을 어떻게 살아 내야 할지 걱정이 많던 시절, 우리는 20대 초반을 함께 보냈습니다. 그때의 우리는 항상 같은 고민을 나누곤 했습니다. 무엇을 하며 살아야 할까. 우리가 진정 좋아하는 것은 무엇일까. 친구가 일하는 모습을 물끄러미 바라보다 보니 문득, 그때가 떠올랐습니다. 세상모르게 몰두하고 있는 친구에게 한마디를 건넸습니다.

"그래도 우리가, 좋아하는 걸 찾긴 했다."
그러자 친구가 웃으며 말했습니다.

"그거면 충분하지 뭐."

지난날의 우리는 스스로 무엇을 좋아하는지조차 명확하게 알지 못했습니다. 사람들에게 인정받고 싶다는 욕심 때문이었을까요. 내 마음이 외치는 것이 아닌, 타인의 시선을 의식하며 했던 선택들이 많았습니다. 자신의 솔직한 마음을 들여다보는 것이, 그때는 왜 그리 어려웠는지. 나의 삶을 만들어가는데 다른 사람의 시선이 뭐가 그리 중요했는지. 이제 친구는 진정 좋아하는 것이 무엇인지 망설임 없이 답할 수 있다고 했습니다.

"무언가를 좋아한다는 건, 그리 거창한 게 아닌 것 같아. 오랫동안 시간 가는 줄 모르고 몰두할 수 있는 것이 있다면, 그 사람은 그것을 좋아하는 거라 생각해. 설사 그 과정 속에서 느껴지는 힘듦과 지겨움, 고통이 있더라도 그것을 멈추지 않는다는 것은, 그것들을 넘어서는 무언가를 그 안에서 발견하고 있다는 뜻이니까."

저는 알고 있습니다. 친구의 아버지께서 병마와 싸우실때, 자신의 꿈을 포기하고 고향으로 돌아와 아버지의 곁을 지킨 친구의 사연을. 그리고 결국 아버지가 떠나셨을 때, 그 힘든 시간을 버틸 수 있게 해 준 것이 바로 가구를 만드는 일이었다는 것을 말이죠. 친구에게 목공이란, 잠시나마 현실의 아픔을 잊게 해 주는 따스한 안식처였고, 다시 한 번 웃을 수 있게 해 준 고마운 존재였습니다.

누군가는 자신이 좋아하는 것을 직업으로 삼고 살아가고, 누군가는 생업을 따로 갖고 좋아하는 것은 취미로 즐기며 살아갑니다. 정답은 없습니다. 또한, 꼭 좋아하는 것이 있어야만 살아갈 수 있는 것도 아니죠. 하지만 분명한 사실은, 좋아하는 것을 명확히 알고 그것을 할 수 있다는 사실만으로도 우리는 많은 것들을 얻을 수 있다는 것입니다. 때로는 든든한 친구처럼, 때로는 변치 않는 연인처럼, 우리가 등 돌리지 않는 한, 좋아하는 것은 그 자리에 머물러 있을 것입니다.

자신이 원하는 것을 알고, 더 멋진 모습으로 나아가고자 노력하는 모든 분들이, 일상의 아픔을 잠시나마 잊게 해 주는 자신만의 소중한 것을 꼭 만나셨으면 좋겠습니다. 각박한 현실 속에서 행복을 가져다주는 자신만의 좋아하는 것을 마음 가득 품으셨으면 좋겠습니다. 언젠가 예기치 못한 고난을 마주하게 될 때, 반복되는 일상 속에서 의미를 찾지 못할 때, 스스로를 향해 말할 수 있도록 말이에요.

'그래, 이거면 충분해.'

마음 비우기

마음을 비우는 데 가장 좋은 방법은

'지금 당장'이라는 단어를 지우는 것이다.

모든 선택이나

모든 문제들이

지금 당장 해결되어야 한다는

생각을 버리는 것이다.

조금 미뤄 보는 것이다.

무작정 회피하는 것이 아닌,
지금 당장 해결할 수 없는 문제에
차분히 시간을 섞어 보는 것이다.

그로 인해 생겨날
새로운 변화를 기다려 보는 것이다.

지금 당장은
절대 해결할 수 없을 것 같은 고민이

시간과 섞여
전혀 예상치 못한 모습으로
변하기도 하는 것이
우리의 삶이기 때문이다.

어떤 고백

살아간다는 것이 당연하지 않게 되는 순간이 있다.

무엇에서도 의미를 찾을 수 없고,

어떤 말로도 위로가 되지 않는 새벽이 있다.

삶의 무게가 감당할 수 없을 만큼 가슴을 짓눌러

전부 놓아 버리고 싶은 그런 날.

누구에게도 보이지 못한 숨겨 둔 마음을 끌어안고,

토해 내는 한숨으로 긴 새벽을 간신히 버텨 내는

당신에게

특별하진 않더라도 한결같은 사람으로

작은 온기라도 전할 수 있는,

당신에게 나는 그런 의미이고 싶다.

그러니까

도망 와, 나에게.

나의 모든 고향

오랜만에 만난 죽마고우에게 물었습니다.

나란 존재가 네게 어떤 의미냐고 말이에요.

그 친구는 단 두 글자로 답하더군요.

"고향."

친구의 과분한 말에,

집으로 돌아가는 길, 깊은 생각에 잠겼습니다.

고향이란 어떤 의미일까요.

언제나 그 자리에 있는 곳.

언제든지 찾아와 편히 쉴 수 있는 곳.

오고 가는 이야기 속에 사랑이 숨 쉬는 곳.

변치 않는 따듯함이 머무르는 곳.

예전에는 소중할수록 대단한 것들을

나누어야 한다고 생각했습니다.

나 자신이 만든 기대감으로

나도 모르는 새 너무 많은 것들을

요구하곤 했습니다.

그러나 진정한 친구란

많은 것을 바라지 않고 언제나 그 자리에서 기다려 주는,

그저 서로의 고향이 되어 언제든지 찾아올 수 있게 해 주는,

삶에 지쳐 돌아왔을 때

언제든지 양팔을 벌려 반겨 줄 수 있는,

그런 존재가 아닐까요.

나는 누군가의 고향일 수 있을까요.

어떤 상황에도 소중한 사람을 감싸 줄 수 있는

그런 사람일 수 있을까요.

그토록 따스한 마음을

언제까지나 변함없이 품을 수 있을까요.

그럴 수 있었으면 좋겠습니다.

나의 모든 고향들에게,

쑥스럽지만 전해야 할 것 같습니다.

언제나 곁에 머물러 주셔서 감사합니다.

자신을 마주하기

유독 소심했던 한 친구가 있었다. 누구보다 선한 미소를 가진 그는, 당연하다는 듯 자신보다 다른 사람을 챙기는 데 더 많은 노력을 쏟았다. 자신의 상황이 어떻든 타인의 부탁을 거절하지 못했고, 자신의 일을 뒤로 미루면서까지 그들을 도왔다. 자연스럽게 그의 주변에는 도움을 필요로 하는 사람들이 모여들었고, 그런 속내가 훤히 보이더라도 그는 그들을 마다하지 않았다. 그렇게 도움만 받고 떠나간 사람들이 많았지만, 그는 그들을 전혀 탓하지 않는 듯 보였다. 나는 그런 그가 좋았다. 남을 위해 기꺼이 자신의 것을 내어 주는 그의 따듯한 마음이 좋았다. 어느 날 그는 한 번도 털어놓지 않은 속마음을 고백했다. 그는 우울증을 앓고 있었다.

그는 폭력적인 아버지 밑에서 자랐다고 했다. 자세한 것까지는 이야기해 주지 않았지만, 표정만으로도 그가 얼마나 힘들었을지 짐작할 수 있었다. 아무렇지 않다는 듯 이야기를 털어놓던 그의 두 눈에는 지워지지 않은 슬픔의 흔적이 가득 담겨 있었다. 그는 오랜 시간 담아 뒀던 자신의 고민을 덤덤하게 꺼내 놓았다. 그는 자신의 안에 '자신'이 없다고 했다.

단 한 번도 자신의 감정을 인정받지 못했던 아이, 기쁨을 솔직하게 말하지 못하고, 슬픔을 온전히 표현하지 못했던 아이, 자신의 감정은 타인을 피곤하게 할 뿐이라고, 감정을 숨겨야만 사랑받을 수 있다고 믿어 온 아이. 그렇다. 그는 그저 사랑받고 싶었는지도 모른다. 사랑받고 싶었기에, 타인을 위해 그토록 마음을 쏟았는지도 모른다. 하지만 관계를 위한 그의 노력에 자신을 위한 마음은 없었다.

그는 심리 상담을 받기 시작했다고 말했다. 자신의 감정을 털어놓고 인정받는 것이, 그렇게 스스로를 알아 가는 과정이 행복하다고 했다. 그는 자신의 감정이 잘못이 아니라는 것을, 그 누구도 그것을 부정할 수 없다는 것을 서서히 배워 갔다.

타인을 향해 진심 어린 마음을 쏟는 것은 분명 멋진 일이다. 하지만 원치 않는 희생을 하면서까지 무조건 타인을 위하는 것은 건강한 마음이라고 할 수 없다. 타인을 위한 마음은, 자신을 향한 사랑 위에 비로소 쌓을 수 있는 것이다. 그러므로 우리는 자신을 먼저 사랑할 줄 알아야 한다. 그리고 자신을 사랑하는 것은, 스스로를 부정하지 않는 것에서 시작된다.

어느 날, 그는 상담 도중 펑펑 울었다고 했다. 그 누구도 안아 주지 않았던 그 시절의 자신이 너무 가여워서, 그럼에도 사랑받고 싶어 노력했던 그 조그만 아이가 너무 안쓰러워서. 그는 이제야 깨달았다고 했다. 그 시절의 자신은, 아무런 잘못이 없다는 것을 말이다. 그리고 이제는 자신이 그 아이를 꼭 안아 줄 거라고 했다. 무슨 일이 있어도 외면하지 않을 거라고, 늠름하게 말했다.

　　살다 보면 상처받은 과거의 나를 마주해야 하는 때가 온
다. 그리고 그 아이의 이야기를 들어 주어야 한다. 그때는 몰
랐던, 그러나 지금은 알고 있는 멋진 대답을 들고서 말이다.
나는 어떤 상처를 외면하고 있을까. 어떤 아픔을 방치하고 있
을까. 만약, 용기를 내 지난날의 나를 만난다면, 나는 어떤 이
야기를 해 줄 수 있을까. 사람은 누구나 상처를 받고, 언제든
넘어질 수 있다. 하지만 상처받은 자신을 스스로 안아 줄 용
기만 있다면, 우리는 언제든 다시 일어설 수 있다.

　　오랜만에 만난 그는,
　　무척 밝아 보였다.

우울의 이유

'원인 모를 우울을 겪고 있습니다.'

뚜렷한 이유 없이 우울을 겪고 있는 자신이 나약하게 느껴진다는 누군가의 메시지를 받은 적이 있다. 위로에 능숙하지 않은 탓에 자칫 섣부른 위로를 전하게 되지는 않을까 염려되어, 답장을 썼다 지우기를 몇 번이나 반복했다. 사실 비슷한 내용의 고민을 자주 듣는다. 특별한 계기 없이 찾아오는 무기력과, 새벽이 오면 습관처럼 다녀가는 우울에 대한 것들 말이다.

우울이란 참 이상한 놈이라서 기척도 없이 삶에 끼어들곤 한다. 어느새 나의 대부분을 차지하고, 일어설 힘조차 빼앗곤 한다. 우울 속에 갇혀 한참을 허우적대고, 출구를 찾아 끊임없이 헤매지만, 사실 우리를 가장 힘들게 하는 것은 이유도 모른 채 우울에 빠져 허우적대고 있는 자신의 모습 그 자체일 것이다.

나에게도 그런 때가 있었다. 자연스럽게 찾아오는 우울에 나를 맡기던, 끝이 보이지 않는 우울이라는 미로 속에 자신을 던지던 시절. 그 안에 갇혀 길을 찾지 못하는 자신을 끊임없이 미워하던 시절. 어느새 우울 자체가 우울의 이유가 되어버렸던 그때. 나는 불안했고, 나약했으며, 서툴렀다. 의연하려 애썼지만 깊은 곳에서부터 흔들리고 있던 나는 자주 주저앉았다. 그런 나를 일으켰던 것은 친구의 단순하지만 진심이 담긴 한마디였다.

"친구야, 그럴 수도 있어. 괜찮아."

사실 우울의 이유는 중요치 않을지도 모른다. 우울에 이유가 없으면 어떠하랴. 끝내 찾아낸 이유가 타인에 이해받을 수 없을 만큼 사소한 것이면 또 어떠하랴. 나의 우울에 타인의 허락은 필요치 않다. 나의 아픔에 적절한 조건 또한 필요치 않다. 사람은 아무런 이유가 없어도 아플 수 있고, 남들이 가볍게 여기는 것에 삶이 송두리째 무너질 수도 있다.

어쩌면 우울을 빠져나가기 위해 가장 먼저 해야 할 일은 우울을 받아들이는 것인지도 모르겠다. 아픔을 무조건적인 극복의 대상이 아닌, 나의 일부로 인정하는 것인지도 모르겠다. 나만 알고 있는 나 자신의 이야기를 들어주는 것. 그렇게 스스로를 마음을 다해 위로하는 것. 길을 잃은 자신을 그 모습 그대로 안아 주려는 마음. 우리에게 필요한 것은 어쩌면 괜찮다는 한마디가 아닐까. 스스로에게 진심을 담아 전해 줄 그 한마디를 기다리고 있는 것이 아닐까.

아픔의 이유를 찾아 끊임없이 헤매고 있는 당신이, 스스로의 아픔에 끊임없이 엄격한 잣대를 제시하고 있는 당신의 밤이 조금은 편안했으면 좋겠다. 아무런 이유가 없더라도, 아플 수 있다는 사실을 잊지 않았으면 좋겠다. 조금은 더 강한 스스로의 모습을 바라겠지만, 지금의 그 모습 또한 당신의 모습이라는 것을, 온 힘을 다해 이겨 내려 애쓰고 있는 당신의 빛나는 모습이라는 것을 잊지 않았으면 좋겠다.

나의 우울에 타인의 허락은
필요치 않다. 나의 아픔에
적절한 조건 또한 필요치 않다.

걱정과 고민

미래를 두려워했다. 긍정적 결과보다는 부정적 결과를 먼저 떠올렸고, 그로 인해 생겨난 두려움은 언제부턴가 내 안에 습관처럼 자리 잡았다. 나는 걱정을 없애기 위해 끊임없이 무언가를 해야만 했다. 나의 주의를 사로잡을 무언가가 필요했다. 그렇게 다른 곳에 집중하다보면 조금은 마음이 편안해지는 듯했다. 하지만 그것도 그때뿐. 그 시간이 지나면 어김없이 두려움이 밀려왔다. 문득 돌아본 나는 보이지 않는 먼 곳을 바라보며 그저 두려워하고만 있었고, 그 자리에 멈춰 선 채

막연한 걱정만을 반복하고 있었다.

이러한 고민을 털어놓았을 때,
아버지께서 스치듯 해 주신 한 마디는 나를 뒤바꾸기에
충분했다.

"그곳에 무엇이 있을지 알지 못하는 것은 누구나 같단다.
하지만 그 사실을 받아들이는 태도는 전부 다르지. 때로는 걱
정이 아닌, 고민을 해보는 것은 어떻겠니?"

미래를 떠올린다는 것은 누구나 두렵다.
누군가는 그 두려움에 무너지고,
누군가는 그 두려움을 이겨 낸다.

우리는 때로 아직 일어나지 않은 최악의 상황을 걱정하
느라, 앞으로 나아가지 못한다. 하지만 걱정과 고민은 분명 다
르다. 걱정은 그저 감정적인 것일 뿐, 이렇다 할 해결책을 주
지 못한다. 하지만 고민은 조금 더 이성적인 것이다. 더 나은

미래를 위한 설계이며, 현재의 나를 똑바로 파악하기 위한 방법이다.

어찌 됐든 우리는 또다시 내일을 살아갈 것이다. 또다시 보이지 않는 미래를 향해 걸음을 내디딜 것이다. 하지만 불안해할 것 없다. 생각해 보면 우리는 이미, 우리가 걱정했던 수많은 내일들을 살아 냈다. 그리고 그 걱정들은 막상 마주했을 때 생각보다 그리 힘겹지 않았다. 앞으로의 나날들도 분명 그럴 것이라 믿는다.

걱정은 흔들의자와 같다. 나를 끊임없이 움직이지만 어디에도 데려다주지 않는다.

— 윌 로저스 Will Rogers

결과와 과정

원하는 결과를 얻지 못해, 자신을 비관하는 사람들이 있다. 수능에서 원하는 점수를 얻지 못해서, 공무원 시험에 합격하지 못해서, 목표했던 기업에 들어가지 못해서… 그들은 당장의 결과로 그것을 향했던 시간을 전부 쓸모없는 것으로 치부하고, 나아가 자신의 삶 전부를 부정한다. 정말 그럴까. 끝내 원하는 목적지에 도달하지 못했다면, 그곳을 향했던 우리의 여정은 아무런 의미가 없는 걸까.

우리는 때로 당장의 결과에 너무 많은 무게를 싣고, 지금의 결과가 삶의 전부라는 착각을 하곤 한다. 물론, 이뤄내지 못했다는 상실감 때문에, 현재의 결과가 전부라 느껴질 수 있다. 하지만 그렇게 확신하는 순간, 그곳을 향했던 우리의 과정은 모두 쓸모없는 것이 된다. 우리의 삶이 오직 지금의 결과만을 위해 존재하는 것이 된다. 감히 말하고 싶다. 결코 지금의 결과만이 전부가 아니다. 도달하지 못했더라도, 그곳으로 나아가는 과정 그 자체를 통해 쌓인 많은 것들이 있다.

목적지를 향해 나아갔을 때,
끝내 원하는 목적지에 도달하지 못하더라도,
우리의 여정이 충분한 의미를 갖는 이유는,
아직 끝이 아니기 때문이다.

이루어 내지 못한 지금의 결과로 인해 삶을 비관하지 않기를 바란다. 결코 절벽은 없다. 살아 낸다면, 우리는 과정이라는 계속되는 길을 걸을 것이다. 그리고 먼 훗날, 그 모든 과정들이 만들어 낸 진짜 이야기를 마주하게 될 것이다. 그때를 위해 우리가 할 수 있는 일은 그저 자신을 믿고, 지금 우리 앞에 주어진 길을 묵묵히 걸어 나가는 것. 그리고 그 모든 과정들을 행복으로 가득 채워 살아가는 것, 그렇게 그 과정의 나날들을 떳떳한 우리의 '삶'으로 만드는 것이다.

삶은 결과가 아닌 과정으로,
언제나 우리 곁에 있다.

어디를 향하고 있든,
어디에 머무르고 있든,

살아 낸다면,
아무 의미 없는 오늘은 없다.

부족함을 마주한다는 것

잘해야 하는데

그러지 못하고 있는 것 같은 생각이 든다면,

당신이 최선을 다하고 있다는 것이다.

좋은 사람이 되어야 하는데

그러지 못하고 있는 것 같은 생각이 든다면,

당신이 좋은 사람이 되어 가고 있다는 것이다.

우리는 자신의 부족함을 똑바로 마주하는 그 순간부터

비로소 변화하기 시작한다.

조심해야 할 것은,

자신의 열등감으로 자신의 부족함을 가리는 것이다.

그렇게 자신의 단점을 보이지 않는 곳으로 치워버리는

것이다.

자신의 부족함을 마주하기 시작했다는 것은,

나아감을 택했다는 것이다.

자신의 부족함에 힘이 빠지더라도,

때로는 성장의 시기가 힘겹게 다가올지라도,

이것 하나만큼은 명심하자.

당신은 지금보다 멋진 곳에 머무를 때가 된 것이다.

조급함을 내려놓아요

자신이 원하는 목표 지점을 향해 나아갈 때, 우리가 명심할 것은 그곳에 도달하는 것이지 얼마나 빠르게 도달하느냐가 아니다. 그럼에도 우리는 조금이라도 빠르게 도달하고자 안간힘을 쓰느라, 원하는 성과를 얻지 못하곤 한다. 그 패턴에는 두 가지가 있다.

첫째는 초장부터 무리하게 달리는 것이다. 목표를 향해 나아가기 시작한 지 얼마 되지 않았는데 구역질이 날 정도로

무리하게 질주하는 것. 보통 그렇게 달리다 보면 넘어질 것을 가장 염려하지만, 혹여나 운 좋게 넘어지지 않더라도 문제는 있다. 목적지를 향해 가는 여정을 고난으로 인식하게 된다는 점이다.

'이렇게 힘든 짓을 언제까지 해야 하는 걸까?'

조금 빠르게 나아가기 위해 초반부터 자신에게 견딜 수 없는 고통을 주는 방법은 목표를 향한 설렘을 앗아가는 결과를 불러온다.

둘째는 단 한 순간의 쉼도 용납하지 않는 것이다. 단기간에 이루어 낼 수 있는 꿈이 아니라면, 모든 여정을 우리는 장기적으로 바라볼 줄 알아야 한다. 그러나 피어나는 욕심은 우리를 조급하게 만들고, 하루라도 행동을 거르는 날이면 이미 실패한 것처럼 자신을 한심한 사람 취급해버린다. 목표를 향해 건강하게 나아가는 사람은 오늘 자신이 이루어야 할 목표 못지않게 자신의 감정 또한 중요시한다. 힘들어 하는 자신에게 충분한 휴식을 주고, 지금의 휴식이 앞으로의 여정에 도움이 될 것이라는 확신을 품는다. 그리고 보다 건강하게 내일을 도모한다.

당신을 조급하게 만드는 말들에 귀를 닫자. 주변 사람들의 시선으로부터 자유로워지자. 지치지 않게 천천히, 그리고 꾸준히 목표를 향해 나아가자. 느리다고 느껴질 때마다 괜찮다고 다독이자. 빠르게 가고자 하는 욕심 때문에 처음 꿈을 향했던 설렘을 잃지 말자. 그리고 마침내 목표에 다다랐을 때, 지나온 길을 나답게 돌아보자. 속도는 상관없다. 천천히라도 좋으니, 그곳에 다다른 당신이 더욱 빛나는 모습이었으면 좋겠다.

최선

최선을 다한 시간들에는

최선을 다하지 못한 자신을 자책했던

그 시간까지 포함되어 있으므로

의심하지 말 것.

당신은 충분했다.

마음 써야 할 곳

여러 관계를 겪으며 깨닫게 된 것들 중 하나는, 마음 써야 할 곳을 잘 구분해야 한다는 것입니다. 일찌감치 고개를 돌린 사람을 하염없이 바라보지 않는 것, 서운함을 꺼내 놓지 않은 채 혼자서 관계를 정리해버린 상대에게 마음 쓰지 않는 것. 이유도 없이 나를 밀어내버린 사람에게서 고개를 돌려요. 곁에서 외로움만을 느끼게 하는 상대로부터 마음을 거둬요. 함께라는 이름을 혼자 지켜 내려 애쓰지 마요. 당신을 미워하려 애쓰는 사람에게 미움받지 않으려 애쓰지 마요. 우리, 사랑을 향해 애쓰도록 해요. 미움에게서 고개를 돌리고, 당신을 사랑으로 바라봐 주는 사람을 사랑으로 마주 봐요. 훗날 돌아본 과거의 길 위에 후회의 발자국을 남기지 않도록.

함께라는 이름을
혼자 지켜 내려 애쓰지 마요.

시간을 잃지 않기 위해서

소중한 사람이 서운해 한다면 주저 말고 먼저 다가가야 합니다. 괜한 머뭇거림으로 시간이 지체될수록 그 사람의 상처는 점점 깊어질 테니까요. 이것저것 따져가며 고민해야 할 문제가 아니에요. 깊은 관계를 이어 나가는 데 있어서 조그마한 어긋남이 생겨나는 것은 어찌 보면 피할 수 없는 일인지도 모르지만, 그로 인한 아픔의 시간을 줄여 주는 것은 우리의 의지로 충분히 할 수 있는 일이거든요.

상대의 서운함을 방치하는 시간이 늘어난다는 것은, 사랑으로 채워야 할 행복의 시간을 잃는 것과 같습니다. 설사 잦은 다툼이 일어나더라도 그 상처를 방치하지 않는다면, 상대의 작은 서운함도 가볍게 넘기지 않고 정성스레 어루만져 준다면, 행복해야 할 시간들을 불행으로 채우는 실수를 피할 수 있을 것입니다.

사랑의 시간이란

사소한 순간들이 빼곡히 모여 있는 것이고,

그 순간들에 최선을 다하는 것이야말로

사랑을 행복으로 채울 수 있는 유일한 길입니다.

당신이라는 이름의 꽃

우리의 노년이 겨울이라면,

지금의 우리는 삶의 어느 계절을 지나고 있는 걸까.

그런 생각을 해본 적이 있다. 과연 우리는 현재의 아름다
움을 충분히 느끼며 살아가고 있는 걸까. 어쩌면 다음 계절만
을 기대하느라, 현재의 풍경을 자세히 들여다보지 못한 채 살
아가고 있는 게 아닐까. 만족스럽지 못한 자신을 탓하느라, 지
금의 행복을 모두 지나치고 있는 게 아닐까.

주변을 둘러보면, 이미 다양한 빛깔의 꽃을 피운 사람들이 있다. 그 화려한 모습과의 비교로 지금 나의 모습이 부족하게 느껴질 수 있다. 아직 꽃 피우지 못한 나의 모습이 초라하게 여겨질 수 있다. 그러나 걱정할 것 없다. 모든 꽃이 같은 날에 피지는 않는다.

다른 누군가는 벌써 꽃을 피웠다고, 이미 열매를 맺기 시작했다고, 나만 아직 무엇도 이뤄 내지 못했다고 좌절할 필요 없다. 사람의 삶에는 시기마다 적절히 피어나는 풍경들이 있다. 그리고 그 풍경들은 전부 다른 모습으로 각자의 삶에 존재한다.

이제 막 싹이 트기 시작한 당신, 여전히 꽃봉오리인 채로 잔뜩 웅크리고 있는 당신, 괜찮다. 어찌됐든 우리는, 우리의 계절에 머무르고 있으니까. 현재의 풍경 속에 오롯이 존재하고 있으니까. 그것으로 된 것이다. 우리의 모습 그대로, 이 계절을 살아가고 있다면 그것으로 충분한 것이다. 각자의 꽃은 각자의 계절에 피어난다. 언젠가 피어날 그 꽃을 위해 지금 우리가 할 수 있는 일은, 그저 이 계절을 충실히 살아 내는 것뿐이다.

겨울이 되고 나서야 봄을 그리워하지 않기를. 현재를 충분히 둘러보지 않고서, 훗날, 지금의 아름다움을 힘주어 말하지 않기를. 현재를 불평하고, 미래의 행복만을 희망하며 살아가기에는, 다시 돌아오지 않을 지금 이 순간 당신의 계절이 너무도 찬란하다.

겨울 눈소리

　당신은 행복이 언제나 소리 없이 찾아온다며 안타까워했었죠. 지나간 뒤에야 '그때 참 행복했었구나' 하고 읊조리며 눈물짓곤 했다고. 커튼을 젖히니 눈이 내리고 있었어요. 햇빛이 강하게 내리쬐고 있는데도 말이에요. 참 이상하죠. 빗소리는 있는데 눈소리는 없다는 것이. 커튼을 젖히기 전까지 내리는 눈을 눈치채지 못했습니다. 비는 먹구름을 동반하여 온갖 티를 내며 내리는데, 눈은 아무런 소리도 내지 않고 사뿐히 내려앉네요. 행복이라는 것이 그런 게 아닌가 싶어요. 커튼을 젖히면 비로소 보이는 것인데, 우리는 마음의 커튼을 굳게 닫은 채 살아가니까요. 누군가를 사랑한다는 것은, 누군가의 곁에서 행복이라는 이름으로 존재한다는 것은, 어쩌면 그 사람의 닫힌 마음에 언제까지나 머무르는 일인지도 모릅니다. 그 사람이 바라봐 줄 그 순간을 위해, 그 사람의 마음의 커튼이 열리는 그 한순간을 위해, 그 사람의 곁에서 언제까지나 행복으로 내리고 싶다는 간절한 마음인지도 모릅니다. 누군가는 힘을 내서 앞으로 나아가고, 누군가는 지워지지 않는 아픔으로 과거에 머무릅니다. 누군가는 그럼에도 또다시 사랑을 시작하고, 누군가는 과거의 아픔으로 미래를 두려워하며 살아갑니다. 그렇게 과거의 상처와 미래의 불안 속에 잠겨 현재를 바라보지 못한 채 살아갑니다. 하지만 어제 내린 눈을 아쉬워하고, 내일의 함박눈을 기대하며 살아가기보단, 저는 역시, 지금 내 앞에서 눈이 내리는 광경을 직접 바라보는 걸 좋아합니다. 과거를 후회하고 내일을 불안해 하는 당신에게, 지금이야말로 마음의 커튼을 젖힐 시기가 찾아온 것인지도 모릅니다. 혹시 아나요, 온통 비에 젖어 있을 것만 같은 세상에 하얀 눈이 잔뜩 쌓여 가고 있을지, 누군가 당신의 겨울에 어여쁜 함박눈이 되어 내리고 있을지. 내리는 눈소리에 귀 기울여 본 적이 있나요. 세상의 아름다운 것들은, 언제나 요란하지 않은 모습으로 우리의 곁에 머무릅니다.

눈이 내립니다.
어쩌면 이번 겨울은 조금 더 따듯할지도 모르겠습니다.

행복 취향

사람은 때로,

타인의 행복을 부정함으로써

자신의 행복에 확신을 가지려는

그릇된 마음을 품곤 한다.

자신의 불안정한 상황과

스스로에 대한 확신 없는 모습을

타인과의 비교를 통해 해결하려 한다.

다른 사람의 행복을 하찮게 생각하고

조언이라는 허울 좋은 말로 은근히 깎아내림으로써

자신의 행복이 진해질 것이라 생각하지만,

사실 행복은

타인과의 비교로 얻을 수 있는 것이 아니다.

우리는 모두

각기 다른 것에서 행복을 느낀다.

내가 무엇을 경험하고, 느꼈는지에 따라,

내가 가장 소중하게 생각하는 것이 무엇인지에 따라,

삶의 어떤 시기를 겪고 있느냐에 따라,

행복의 의미는 달라진다.

그러니 자신의 행복을

다른 사람과 비교하며

작아질 필요 없다.

나의 행복을 부정하려는

다른 사람의 말에 흔들릴 필요 없다.

그저 지금의 행복을 충분히 겪을 것.

자신이 추구하는 행복 안에 오롯이 존재할 것.

그리고

자신이 원하는 모든 행복을

빠짐없이 경험할 것.

나의 행복은

나의 안에 존재한다.

행복이란 결국

각자의 경험으로 이루어진

지극히 개인적인 취향이다.

낮달

주변의 밝은 빛에 주눅 들지 말고

지금처럼만 예쁘게 빛나 주기를.

그 무엇과도 비교할 수 없는

당신만의 아름다운 빛이 있으니.

그럼에도 불구하고

　도저히 넘을 수 없는 높은 벽을 마주했을 때의 두려움은 스스로를 주저앉히기에 충분하다. 목표, 성공, 꿈, 미래 따위의 것들은 어쩌면 움츠리지 않고 삶을 나아갈 준비가 되어 있는 자들의 특권인지도 모르겠다. 움츠려 본 사람은 안다. 일어나려 발버둥 쳐 본 사람은 안다. 도저히 부술 수 없을 것만 같은 벽 앞에 놓여 본 사람은 안다. 대단한 사연이 필요할까? 기막힌 이야기가 요구될까? 아니, 전혀. 세상은 대단한 사연이 없더라도 감당하기 힘든 법. 누군가 그랬다. 세상의 높은 벽을 감당하기 싫어 스스로 벽을 만들고 자신을 가두었다고. 가볍게 지나간 그의 한 마디에 깊은 위로를 느꼈던 건 왜일까.

　　나의 감정이 만든 벽을 사람들이 이해할 수 있을 리가 없다. 그러니 다른 사람들의 눈에 나는 도저히 이해할 수 없는 생명체인 것이다. 스스로 주저앉은 것만으로도 납득할 수 없는데, 그 이유조차 분명치 않다니. 나를 향한 그들의 한숨이 나 또한 너무나도 이해가 된다는 것이, 그럼에도 또다시 주저앉아 꼼짝도 하지 않는다는 것이 아이러니가 아닐 수 없다. 그래. 다시 한 번 사람들의 틈에 끼어들어 최선을 다해 살아보자, 끊임없이 도전한다면 분명 전부 잘 될 것이다 다짐해보지만 얼마 지나지 않아 또다시 잔뜩 움츠려든 나를 발견하는 것. 아무리 나를 다독여도 자연스레 찾아든 두려움이 또다시 모든 의욕을 집어삼키는 것. 잘하고 싶은 마음이 나를 가장 주눅 들게 한다는 것. 그렇게 어김없이 제자리를 맴돌게 되는 것. 무엇보다, 내가 무엇을 위해 이렇게 애쓰고 있는지 모르겠다는 것. 전부, 아이러니.

벽은 넘는 것을 포기하는 순간부터 이상한 안정감을 준다. 커피숍을 가도 구석 자리만 찾던 특이한 성격이 이런 쓸데없는 곳에서도 다 발휘된다. 섞이는 것은 부담스럽다. 세상 밖으로 나가는 순간부터 비교가 시작된다. 나는 내가 원하든 원하지 않든 순위 다툼에 동참할 수밖에 없다. 경쟁에서 빼달라고 애원하는 것조차 몹쓸 짓이다. 그 경쟁은 나 혼자만의 경기가 아닌, 나의 사랑하는 사람들도 함께 참여하고 있는 '단체전'이기 때문이다. 괴로우면 고립되는 수밖에 없다. 피하고 싶으면 도망치는 수밖에 없다. 차라리 벽에 둘러싸여 있는 것이 때로는 편할 지도. 넘을 수 없는 벽이 앞에 놓인들 무슨 상관이 있겠나. 원하는 것이 없는 사람은 두려운 것이 없는 법. 넘을 수 없다면 포기해 버리면 그만이다. 그것도 아니라면, 스스로 벽을 만들어 버리면 된다. 맞설 수 없는 세상이라면 바라보지 않는 것도 좋을 듯하다. 받아들이는 순간 마음이 편해진다. 함께한다는 것은 그토록 어려웠는데 혼자가 된다는 것은 어찌 이리 간단할까. 함께한다는 것이 쉽고, 세상에 섞인다는 것이 간단하다면 얼마나 좋을까. 혼자이고 싶다면서 세상을 원하는 나에게 또다시 참을 수 없는 모순을 느낀다.

사실, 이 글의 결말에는 움츠리지 말고 세상을 향해 당당히 뻗어나가자는 지극히 긍정적인 이야기를 담고 싶었다. 우리 모두 무책임해지자! 가 아닌, 사랑하는 사람들과 나 자신을 위해 조금만 더 힘내 보자! 따위의 아주 전형적인 메시지를 담고 싶었다. 하지만 도무지 그 방향으로 글이 나아가지를 않는 것이다.

사는 건 힘들다. 때로는 귀찮고, 벅차다. 잘 살아 보고 싶다는 생각이 드는 것도, 그 뒤에 따라오는 좌절의 두려움도 지겹고 뻔하다. 가끔 모든 걸 때려 치고 무책임에 내 전부를 맡기고 싶다. 힘든 걸 힘들다 말하지 않는 것도, 그럼에도, 그럼에도, 그럼에도 불구하고 살아가자, 나아가자, 행복하자, 따위의 말들도 가끔은 우리를 지치게 한다. 때로는 혼자가 되고 싶고, 아무도 없는 곳에 철저히 고립되고 싶으며, 더 이상 애쓰지 않고 살아가고 싶다. 그럼에도 가끔은 누군가와 함께하고 싶고, 마음을 나누고 싶고, 사랑을 하고 싶다. 높은 벽을 누구보다 멋지게 오르고 싶고, 경쟁에서 앞서고 싶고, 당당하게 살아가고 싶다. 대체 내가 진정 원하는 게 무엇인지 나도 잘 모르겠다. 아무튼, 그냥 행복하고 싶다.

살다 보면 내가 무엇을 위해 살아가고 있는 건지, 대체 무엇을 위해 이토록 수많은 고통을 감내하며 버텨 내고 있는 것인지 의문이 생길 때가 있다. 나 또한 내가 살아가야만 하는 뚜렷한 이유를 찾아 헤매기도 하고, 그 이유를 찾아낸다면 조금은 행복해질 수 있지 않을까 생각하기도 했다. 허나, 사는데 거창한 이유가 필요할까. 중요한 것은 어찌 됐든 우리가 계속해서 살아가고 있다는 것이고, 당신과 같은 생각을 하고 있는 사람이 여기에도 한 명 있다는 것이다. 그러니, 한 번만 더 해 보자. 뻔한 결말로 마무리 짓게 되어 미안하지만, 그럼에도 또다시 '그럼에도'라는 글자를 적어야만 하는 것이 꽤 아리지만, 많이 아팠던, 그럼에도 최선을 다해 버텨 낸, 그럼에도 살아가는, 나와 닮은 당신. 그럼에도 불구하고, 끝내, 행복하길.

중요한 것은 어찌 됐든 우리가

계속해서 살아가고 있다는 것이고,

당신과 같은 생각을 하고 있는

사람이 여기에도

한 명 있다는 것이다.

Part 4

사랑에게

당신의 보석을

좀도둑에게 건네지 마라

당신의 보석을
좀도둑에게 건네지 마라

사랑은 아름다운 것이라는

순수한 믿음이 약점이 되어 버린다.

계산하는 법을 몰라서가 아니라,

'사랑은 계산하지 않는 것'이라는

당연한 사실을 아는 것인데.

아픔을 몰라서가 아니라,

설사 아플지라도 사랑을 품고 나아갈

용기를 가졌을 뿐인데.

감추는 법을 몰라서가 아니라,

투명하게 드러내는 것이

사랑이라 믿었을 뿐인데.

그렇게 순수한 마음으로 사랑을 믿었던

상처받은 모든 사람들아.

사랑을 믿었던 마음은 죄가 아니다.

사랑을 하면서도 사랑을 믿지 않는

비겁한 사람을 사랑했을 뿐.

그러니까,

당신의 보석을 좀도둑에게 건네지 마라.

처음의 모습으로

"요즘, 자꾸만 그 사람에게 서운함을 느껴."

오랜만에 보는 친구의 처진 모습이 안쓰러워 보였다. 덤덤하게 털어놓는 그의 목소리에서 짙은 슬픔이 느껴졌다. 항상 상대보다 자신의 문제점을 먼저 돌아볼 줄 아는 좋은 친구였기에, 뒤에 따라올 말은 어느 정도 짐작할 수 있었다.

"내가 너무 많이 바라는 건가."

그들은 꽤 오래 만난 연인이었고, 나는 그들과 자주 자리를 함께 했었다. 오랜 연인을 둔 오랜 친구와 오래 만나다 보면, 내가 원하든 원치 않든, 서로를 향한 그들의 변화를 자세히 목격하게 된다.

누군가는 한결같은 모습으로 상대를 마주할 때, 누군가는 식어 가는 눈빛으로 상대를 바라본다. 누군가는 변치 않는 사랑을 품고 상대를 대할 때, 누군가는 소중함을 까맣게 잊은 채로 관계를 지속한다. 누군가는 그 모든 과정을 처음과 같은 마음으로 마주할 때, 누군가는 처음이 사라진 모습으로 곁에 머무른다. 나는 턱 끝까지 차오른 문장을 속으로 삼켜 냈다.

'네가 많이 바라는 게 아냐, 그 사람이 변한 거지.'

언제까지나 처음 모습을 그대로 간직한 채 사랑할 수 있다면 얼마나 좋을까. 하지만 사랑을 지키는 일은 결코 쉽지 않다. 시간은 끊임없이 소중함을 간과하게 하고, 나를 향한 상대의 관심을 당연하다 느끼게 하며, 어느새 무심해진 나 자신을 발견하게 한다. 어쩌면 사랑의 행복이란, 끊임없이 소중함을 들여다보는 사람에게 비로소 주어지는 것인지도 모른다. 사랑은 지켜지는 것이 아니라 지켜 내는 것임을 알기에, 사랑의 행복을 누구보다 깊게 누릴 수 있는 것인지도 모른다.

어느 더운 여름 날, 주민 센터에서 어느 노부부를 봤다. 두 분이서 나란히 의자에 앉아 계셨는데, 할아버지께서 할머니께 목이 마르냐고 물으셨다. 할머니가 고개를 끄덕이시자, 할아버지는 불편한 걸음으로 정수기에서 물을 떠오셨다. 그 모습을 바라보다가 괜스레 코끝이 찡해졌다. 내가 목격한, 사랑의 가장 명확한 모양이었다. 꼬옥 손을 맞잡은 두 분의 모습이 무척 아름다워 보였다. 집으로 돌아가는 길, 가슴이 뜨거워지는 것을 느꼈다.

사랑은 투명하다. 사랑은 결코 거짓말하지 않는다. 상대를 향한 나의 사랑은 고스란히 행동에 녹아 상대에 전해진다. 뚜렷한 이유가 없는 것 같은데 소중한 사람이 자주 서운해 한다면, 그리고 정확한 이유를 찾아내지 못하고 있다면, 처음 그 사람을 대하던 나의 모습을 기억해 낼 필요가 있다. 때로 우리는 소중한 사람에게 전해야 할 것이 무엇인지 쉽게 잊어버리곤 한다. 정작 중요한 것을 간과한 채, 표면적인 것에 애를 쓰곤 한다. 사실, 우리는 대단한 것에 사랑을 느끼는 것이 아니다. 거창한 행동이나, 값비싼 물건 따위를 바라는 것이 아니다. 우리에게 사랑을 느끼게 하는 것은 다름 아닌, 나의 얘기를 들어주는 모습에서, 평소 나를 바라보는 눈동자에서, 떨어져 있어도 수화기 너머로 은은하게 전해져 오는, 나를 향한 상대의 아주 작은 '관심'일 것이다.

익숙함이라는 설렘

누군가를 만나고, 자꾸만 눈길이 가고, 신경 쓰이고, 궁금해지고, 그 사람 생각에 밤을 지새우고, 용기를 내 다가가고, 함께 시간을 보내고, 취향을 공유하고, 마음을 확인하고, 그렇게 서로의 손끝이 닿는다. 누군가를 사랑하게 되는 이 모든 과정 속에서 겪게 되는 떨림은, 자칫 그 순간만이 사랑이라 착각하게 될 만큼 강렬한 감정을 우리에게 선물한다. 그러나 안타깝게도 그 강렬한 선물은 언젠간 사라진다. 함께하는 시간이 많아지고, 마주 보는 것만으로 서로의 대부분을 알 수 있는 사이가 되어 갈수록, 우리는 처음 느꼈던 감정을 떠나보내고, 익숙함이라는, 자칫 심심하다 여길 수 있는 이름으로 서로를 대하게 된다.

10년이 넘는 시간 동안 사랑을 지켜 내고 있는 선배에게 물었던 적이 있다. 어떻게 그렇게 오랜 시간 변함없는 사랑을 유지할 수 있냐고 말이다. 선배는 잠시 고민하더니 이렇게 답했다.

"나는 우리의 익숙함이 좋아."

몇 개월 뒤, 다시 만난 그의 손에는 오랜 사랑의 결실인 청첩장이 들려 있었다. 오랜 시간 그의 사랑을 곁에서 지켜봐 온 나였기에, 마치 내 일처럼 기뻤다. 축하한다며 호들갑을 떠는 나를 향해 그는 고맙다며 웃었다. 그리곤 이내 살짝 떨리는 목소리로 말했다.

"너무 설렌다."
"결혼이요?"

"아니, 이 사람과 함께할 미래가 전부."

처음의 설렘만이 사랑이라 착각했던 시절이 있었다. 인식하지 못할 만큼 은밀하게 젖어 든 익숙함에 사랑을 온전히 바라보지 못하던 때가 있었다. 모자란 나는 그 사람이 떠난 뒤에야 뒤늦게 깨닫곤 했다. 익숙함이라는 평범한 모습으로 내 곁에 머무르던 사랑의 특별함을 말이다. 설렘이란 무엇일까. 진정한 설렘이란 단순히 낯설기에 느끼는 감정과는 다르다. 진정한 설렘은 그 사람과 함께할 미래의 행복에 있다고 믿는다. 미래를 기대하지 않는 설렘이란 존재하지 않을 것이다. 그러므로 행복을 잊는다면 설렘을 잊을 수밖에 없다. 지금의 행복을 인식하지 못하는데 미래의 행복을 기대할 수 있을 리 없기 때문이다.

익숙함이라는 편안함, 그 편안함으로 머무르고 있는 지금의 행복, 그리고 함께라는 이름으로 계속해서 그려 나갈 미래의 행복. 진정한 설렘은 그 자리를 지키고 있는 편안함 속에도 존재한다. 처음 느끼는 강렬함과는 다른 모양으로, 은은하지만 변하지 않을 묵묵함을 머금은 모습으로 분명 존재한다.

어쩌면 우리는 설렘을 잊은 것이 아니라, 행복을 잊은 것인지도 모른다.
설렘이 사라진 것이 아니라, 익숙함이라는 행복을 바라보지 못하는 것인지도 모른다.

그 시절, 우리는 상대의 무엇을 향해 그토록 가슴 뛰는 설렘을 느꼈을까. 무엇이 그토록 두려움 없이 서로를 향하게 했을까. 그 사람을 알아 가고, 천천히 서로에 스며들고 싶다는 마음, 그 사람의 삶에 언제까지고 존재하고 싶다는 마음, 아침에 눈을 떴을 때 고개를 돌리면 곤히 잠든 상대를 마주할 수 있는, 힘든 하루의 끝에 당연하게 나를 기다리고 있을 상대를 꿈꾸는 것. 그렇다. 우리의 설렘은 어쩌면 처음부터 익숙함을 향해 있었는지도 모른다.

꽃 이야기

맑은 햇살을 머금고 힘차게 자라나는 꽃 한 송이가 있었다. 거센 바람에도 주눅 들지 않았고, 강한 빗줄기에도 쓰러지지 않았다. 혼자서 피워 낸 꽃잎이 무척이나 아름다웠고, 어떤 꽃에서도 맡을 수 없는 싱그러운 향기를 품고 있었다.

J는 그러한 꽃의 아름다움에 반해, 조심스레 꽃을 꺾어 집으로 가져왔다. 그렇게 가져온 꽃을 예쁜 화분에 심고 열심히 돌보기 시작했다. 꽃이 혹시라도 말라죽지는 않을까 불안

해 하며 하루도 거르지 않고 정성스레 물을 뿌려 주었다. 틈날 때마다 사랑스러운 눈으로 꽃을 바라보며, 꽃에서 풍기는 싱그러운 향기를 맡곤 했다. J는 도저히 이 꽃을 사랑하지 않을 수 없다고 생각했다.

꽃을 사랑하기 시작한 이후로 J의 삶은 눈에 띄게 변하기 시작했다. 무관심했던 주변 사람들이 다가왔고, 이전과 다른 관심을 보이기 시작했다. 심지어 몇몇 사람들은 호감을 표시하기도 했다. 이러한 주변 사람들의 변화에 J는 더욱 자신감 넘치는 사람이 되어 갔다. 그러다 문득, 사람들이 자신에게 호감을 갖는 이유가 궁금했고, 자신의 몸에서 풍기는 향기를 인식하게 되었다. J의 몸에는 꽃의 싱그러운 향기가 짙게 배어 있었다.

'아, 이 향기 때문에 사람들이 나를 좋아해 주는구나.'

J는 꽃에 변함없는 사랑을 표현했다. 꽃의 향기는 어느새 J의 일부가 되었고, 머무르는 곳에는 항상 싱그러운 향기

가 풍겼다. J는 어디에서나 사랑받는 사람이 되었고, 그러한 주변 사람들의 인정은 삶을 뒤바꾸기에 충분했다. 자신을 더욱 사랑하게 되었고, 그렇게 만들어 준 꽃에 커다란 고마움을 느꼈다. J는 언제까지나 꽃을 사랑하겠다고 다짐했다. 하지만 그 다짐은 오래가지 않았다.

시간이 지나자 J는 꽃에 사랑을 주는 행위를 습관처럼 행하기 시작했다. 시간이 되면 밥을 먹고, 잠을 자는 것처럼 당연한 습관이 되어 버린 것이다. 꽃은 알고 있었다. 사랑스레 바라보던 J의 눈빛은 오래전에 식어버렸고, 이제는 그저 자신의 향기만을 필요로 한다는 사실을 말이다. 그래도 꽃은 J를 미워하지 않았다. J가 자신을 필요로 한다는 사실이 그저 행복했기 때문이다. 꽃은 그것만으로도 충분하다 생각했다. 그리고 언젠가 J가 예전의 눈빛으로 자신을 바라봐 줄 것이라 굳게 믿었다.

J의 주변에는 어느새 더 많은 사람들이 모여들었다. J는 더욱 바빠졌고, 사람들에게 사랑받는 것을 더더욱 즐기기 시

작했다. 자연히 꽃을 바라보는 시간은 눈에 띄게 줄어들었고, 물을 주는 시간 또한 늦어지기 일쑤였다. 자연스레 꽃은 힘을 잃고 말라 갔다.

일주일이 지나고, 한 달이 지나도 J는 꽃에 물을 주지 않았다. 푸석푸석해진 꽃을 예전처럼 사랑스럽게 바라보지 않았고, 더 이상 향기를 풍기지 못하는 꽃의 곁에 있으려 하지도 않았다. 그저 다른 사람들의 사랑으로 채워진 자신의 삶을 살아갔다.

꽃은 서서히 시들어 갔다.

몇 달이 지났을까. J는 사람들이 예전 같지 않다는 것을 느끼게 되었다. 자신을 인정하고 사랑해 주던 사람들이 하나 둘 변하기 시작했다는 것을 알게 된 J는 불안함을 느꼈고, 무엇이 문제인지 고민하기 시작했다. 그러다 문득, 자신의 몸에서 꽃의 싱그러운 향기가 사라졌다는 사실을 알게 되었다. 당황해, 어쩔 줄 모르던 J는 이내 가까운 향수 가게로 달려갔고,

꽃과 같은 향기를 풍기는 향수를 사서 온몸에 뿌렸다. J는 안도했다. 이제 다시 모두에게 사랑받을 수 있으리라 생각했다.

'여러분 다시 예전의 저로 돌아왔습니다.'

J는 사람들에게 다가갔다. 하지만 사람들은 여전히 그를 외면했다.

'여러분 왜 그러시죠? 저에게는 다시 싱그러운 꽃향기가 풍기기 시작했습니다. 다시 저를 사랑해 주세요. 저는 변하지 않았습니다.'

그러자 그중 한 사람이 답했다.
'당신은 더 이상 예전처럼 사랑스럽지 않네요.'

J는 좌절했다. 눈앞이 깜깜해져 정신을 차릴 수 없었고, 변해 버린 사람들의 모습이 도저히 이해되지 않았다. 그리고 자신의 몸에 뿌린 향수 냄새를 미친 듯 맡기 시작했다. 아무

리 맡아도 꽃에서 풍기던 향기와 다르지 않았다. 도저히 이유를 찾을 수 없었던 J는 사람들의 외면을 견디지 못하고 도망치듯 집으로 달아났다.

집으로 돌아온 J는, 꽃이 피어 있던 화분을 바라보았다. 향기는 사라진 지 오래였고, 마지막 꽃잎 한 장만이 바싹 마른 채로 간신히 줄기에 붙어 있었다. J는 황급히 물을 가져와 꽃에 뿌리기 시작했다. 그러나 이미 말라 버린 꽃잎은 얇은 물줄기조차 버티지 못하고, 힘없이 바닥에 떨어졌다. J는 그 광경을 멍하니 바라보다가, 무언가 깨달은 듯 바닥에 주저앉아 오열했다. 볼을 타고 떨어진 눈물은 부서진 꽃잎 위로 떨어졌고, 꽃잎은 눈물에 부딪혀 산산이 조각났다.

그때, 마침 바람이 불었고,
꽃은 가루가 되어 창밖으로 날아갔다.

그렇게 꽃은 새로운 여행을 떠났다.
다시 어여쁘게 꽃피울 그 날을 꿈꾸며.

자신에게 어울리는 아름다운 곳을 향해.

남겨진 J는,

꽃이 사라져 간 자리에 쓰러져 한참을 울었다.

그렇게 꽃은

새로운 여행을 떠났다.

다시 어여쁘게 꽃피울

그 날을 꿈꾸며.

평지는 온다

삶을 함께 걷는다는 것의 의미를 알지 못했다. 사랑이라는 이유로, 있는 힘껏 서로의 손을 부여잡는 것만이 사랑이라고 착각했던 적이 있었다. 가파른 오르막길을 만나 잠시 손을 놓쳐 버린 그 짧은 순간조차도 불안에 떨었던 어린 날이 있었다.

그러나 이제 조금은 알 것 같다.

언제나 손을 맞잡고 나란히 걸을 수는 없다는 것을,

살아가다 보면 자신조차 버겁게 느껴지는 순간이 있다는 것을 말이다.

가파른 삶을 오르다 보면,
어쩔 수 없이 서로의 손을 놓치게 되는 순간이 온다.
그러나 그렇다고 사랑이 끝나는 것은 아니다.

오르다 보면 두 손 꼭 잡은 채로 발맞춰 걷기도 하지만, 누군가가 앞장서서 걷기도, 누군가는 뒤처져 걷기도 한다. 계속되는 고난에 지쳐 어깨를 축 늘어뜨린 채로 한걸음 떨어져 걷기도 한다.

중요한 것은 함께 걷고 있다는 사실이지,
얼마나 가까이 걷고 있느냐가 아니다.

때로는 조금 떨어져서 걷는 법을 아는 것. 고개를 돌리면 언제든 서로를 마주할 수 있다는 사실만으로 충분히 감사할 줄 아는 마음. 잠시 떨어져 걷는 시간에 서로의 사랑을 부정하지 않기를 바란다. 가파른 구간이 지나고 평지가 오면, 놓쳤던 손을 다시 잡으면 그만이다. 그때 서로를 따스하게 안아주면 그만이다.

서로 등 돌리지 않는다면
숱한 고난에도 끝까지 함께
같은 방향을 향해 걷는다면.

언젠가 평지는 온다.

사랑이다

첫 만남에 서로를 알아봤던 강렬함이 사랑이고

처음 손을 맞잡으며 영원을 약속했던 따듯함이 사랑이다.

마주 본 눈빛에서 느껴지는 단단한 신뢰가 사랑이고

어떠한 고난도 함께 헤쳐 나가겠다는 굳은 의지도 사랑

이며

늦은 밤 산책로를 거닐며 서로의 귓가를 간지럽히던 순

간 또한 사랑이다.

이 모든 행복이 사랑이지만,

사랑을 하는 모든 순간이 행복은 아니다.

지난 사랑의 상처를 핑계 삼아 상대를 밀어냈던 순간도
사랑이고

서로의 다름을 인정하지 못해 속상해 하던 나날들 또한
사랑이다.

사랑을 머금고 피어나는 섭섭함에

마음에도 없는 모진 말을 뱉어 냈던 순간에도,

마음을 알아주지 못하는 상대를 원망하며 눈물 쏟던 그
순간에도,

우리는 사랑을 했다.

사랑이라는 이름을 빌려 모든 순간을 채우는 것.

감당할 수 없이 커져 버린 사랑의 마음에

때로는 걷잡을 수 없는 불안이 밀려오더라도

맞잡은 손 놓지 않았다면 그 모든 순간이 사랑이라는 것.

언제까지나 잊지 않기를.

사랑이라는 이름을 빌려

모든 순간을 채우는 것.

사랑 상태

사랑은 당신과 하고 있는데 나는 또 혼자인 것만 같아 잠을 설쳐도 당신은 아무렇지 않게 깨어나 안부를 묻겠지 내가 가라앉아 있으면 당신은 이유를 물어봐 주려나 아니면 그저 외면해 버리려나 후자라면 너무 속상할 것 같아 이 감정은 나 스스로 해결해야지 당신을 향한 나의 앞서간 마음이 오히려 나를 더 외롭게 만드는 건지 당신은 알맞은 속도로 가고 있는데 나만 너무 성급한가 봐 당신이 조금만 속도를 맞춰 주면 좋을 텐데 나 혼자만 사랑하는 것 같잖아 이 말은 속으로 삼켜야지 이 새벽이 지나면 당신의 아침은 밝겠지만 나의 아침은 여전히 지금에 머물러 있겠지 그런데도 아침이 오면 당신이 보고 싶어 당신에게 달려갈 준비를 할 것만 같아 날씨가 화창하면 오늘은 소풍을 갈까 아니면 당신의 품에서 하루 종일 낮잠을 잘까 이런 행복한 고민에 빠져 있으면서도 당신은 이런 생각을 할까 나만 혼자 들뜬 것 같아 괜시리 마음이 울적해지네 당신을 사랑하는데 더 사랑하면 안 될 것만 같은 이유는 당신이 날 떠날까 홀로 남겨질까 두려운 마음 때문이겠지 당신을 사랑하기에 자꾸만 사랑이 두려워지네 나의 이런 모든 마음을 당신은 절대 알 수 없을 테지 당신을 사랑해 당신을 사랑해 정말 많이 지금 이 문장을 쓰면서 느껴지는 가슴의 울림을 당신도 똑같이 느꼈으면 바라지만 또 한 번 나 혼자 이러는 것만 같아 불안해지고 하루에도 몇 번씩 행복과 불안의 진자 운동을 하는 이 마음이 도대체 무엇인지 이런 게 바로 사랑일까 지금 이런 고민을 하는 것조차 당신을 사랑하는 마음일까 생각에 잠겨 있다 보니 어느새 날이 밝았네 이제 당신 생각은 잠시 접어 두어야지 그런데 창밖으로 내다본 이 맑은 하늘은 당신을 닮아 있네. ◑

이런 연애

목적지 없이 자주 걸었으면 좋겠어요.

맞잡은 손에 전해지는 온기로

또 한 번 사랑을 되새길 수 있도록,

그렇게 급하지 않게,

서로의 보폭을 맞춰 걸으며

서로를 위한 사소한 배려를 느낄 수 있도록.

조금의 어긋남에 실망하지 않기로 해요.

어긋났다는 사실 자체에 힘들어 하기보다,

어긋난 이유를 알게 됨으로써,

더 이상 서로에게 상처를 주지 않을 수 있다는 사실에
감사하기로 해요.

가끔은 서투른 글 솜씨로

서로에게 마음을 전해요.

매일 나누는 대화에도 담지 못하는,

가까울수록 미처 전하지 못하는 마음이 있기 마련이니
까요.

서로에게 눈물을 보이는 것을 주저하지 않기로 해요.

아픔을 드러낸다는 것은 그만큼 서로에게 깊이 스며들어
있다는 뜻이기도 하니까요.

어쩌면 아픔의 순간이야말로

서로의 존재를 더욱 값지게 느낄 수 있는 시간일 테니까요.

서로의 모습 있는 그대로를 사랑해 주기로 해요.

서로 다른 우리이기에,

그렇게 다른 우리가 만났기에,

서로를 닮아갈 수 있으니까요.

이 모든 것들이 혼자가 함께로 나아가는

행복한 과정일 테니까요.

마지막으로,

언젠가 서로에게 소홀해질 때,

때로는 권태가 우리를 속일 지라도

맞잡은 손 고쳐 잡는

우리가 될 수 있게

지금 느끼는 이 감정을

잊지 않기로 해요.

우리 그렇게 사랑하기로 해요.

세 가지 마음

사랑엔 세 가지 형태가 있다.

자기 자신을 사랑하는 마음,
타인을 향한 사랑의 마음,
타인이 내게 주는 사랑의 마음.

그리고 이 세 가지 가운데
나를 가장 행복하게 만드는 사랑이 있다.

만약 관계를 겪으며,

감당할 수 없는 고난이 찾아온다면,

도무지 해결되지 않는 공허함이 찾아온다면,

어느 하나에 마음을 쏟느라,

나머지 사랑들을 소홀히 하고 있는 것은 아닌지,

생각해 봐야 할 것이다.

스스로의 욕심이나 부족함으로

균형이 무너진 것은 아닌지,

돌아봐야 할 것이다.

소중한 사람과 오래도록 함께하는 방법은

자신이 무조건적인 사랑을 주거나,

사랑을 받으려 노력하는 것이 아니라,

또는 자기 자신만 생각하는 이기적인 사랑을 품는 것이

아니라,

서로가 서로에게

그리고 자신이 자신에게,

적절한 사랑의 밸런스가 유지되도록

균형을 맞춰 주는 것인지도 모른다.

어느 하나도

소중하지 않은 것은 없기에.

조건 없는 마음

사랑을 돌려받는다는 것이 왜 당연한 권리라 생각했을까. 사랑을 시작할 때에는 사랑을 받는다는 것을 엄청난 축복으로 생각했는데, 시간이 흘러갈수록 내가 원하는 만큼의 사랑을 건네지 않는 상대가 자주 미워지곤 했었다. 사랑을 달라고, 내가 원하는 만큼의 사랑을 달라고 떼를 쓰는 나, 그래야만 하는 이유는 내가 사랑을 건넸기 때문에. 이런 생각이 참 위험하다. 사랑을 건넸기에 사랑을 받아야만 한다는 생각. 상대가 건네는 사랑을 축복으로 여기지 못하는 마음. 나를 갉아

먹는 위험한 보상 심리. 그리고 사랑이 끝났을 때, 사랑을 돌려주지 않고 떠나간 상대를 향해 우리는 말한다. 참 쓰레기 같은 사랑을 했다고. 참 우습지 않은가. 그렇다면, 단지 돌려받기 위해 사랑을 건넸다는 말인가.

사랑의 결핍을 타인으로부터 채우려 하지 말자. 내가 나를 사랑하는 마음이 부족할 때마다, 나는 타인의 사랑으로 마음의 안정을 찾으려 했다. 그럴수록 타인이 건네는 사랑에 만족하지 못하고, 받기만을 바라는 못난 사람이 되어 갔다. 이제는 알고 있다. 사랑은 떼를 쓴다고 받을 수 있는 게 아니라는 것을. 자신을 충분히 사랑하는 사람만이 온전한 사랑을 건넬 수 있다고 했던가. 대가를 바라지 않고 누군가를 사랑할 수 있는 건강한 마음. 내가 건네는 사랑에 조건을 달지 않는 마음. 이러한 마음은 사랑을 부정하지 않게 한다. 비록 내가 건넨 사랑을 돌려받지 못한 채 관계가 끝나 버리더라도, 마음을 다해 사랑했던 그 시간을 후회로 남지 않게 한다.

사랑에 상처받지 않는 방법은 단 하나다. 돌려받는 것이 사랑을 건네는 목적이 되지 않는 것. 무언가에 홀린 듯 어쩔 수 없이 누군가를 사랑하게 된다 해도, 내가 건네는 마음을 돌려받으려 하지 않는 것. '나는 당신을 사랑한다.' 이 문장에는 어떠한 조건도 붙여서는 안 된다.

대가를 바라지 않고 누군가를
사랑할 수 있는 건강한 마음.
내가 건네는 사랑에
조건을 달지 않는 마음.

비밀이 많아진 우리

    군이 하지 않는 이야기들이 우리 사이에 쌓여 가는 것을 느낍니다. 한때는 서로에게 마음을 전부 터놓는 사이만이 좋은 관계라고 생각했던 적이 있습니다. 그런 생각으로 인해, 나도 모르게 상대에게 많은 것들을 요구하곤 했죠. 자신의 이야기를 온전히 털어놓지 않는 상대를 원망하고, 각자만의 비밀을 쌓아 가는 우리의 모습을 거부했습니다. 하지만 그조차도 나의 욕심일 뿐이었다는 것을 이제는 알고 있습니다.

살다 보면 누구나 아픔을 겪습니다. 그리고 자연스레 가까운 사람에게 기대게 되죠. 나의 아픔에 진심으로 공감하려 노력하고, 상처 입은 나를 따뜻하게 안아 주려 하는 상대의 모습에서 우리는 깊은 감동을 느낍니다. 하지만 그럼에도 어쩔 수 없이 찾아드는 공허함이 있습니다. 집으로 돌아가는 길에 느껴지는 알 수 없는 쓸쓸함이 있습니다. 충분히 이해받지 못한 아픔, 완벽히 공감 받지 못한 감정, 그로 인해 전부 털어놓지 못한 이야기. 우리는 알고 있는 거예요. 결국 누구도 나의 아픔을 대신 해결해 줄 수 없다는 것을. 아픔을 이겨 내고 행복을 찾아내는 것은 온전히 나의 몫이라는 것을 말이죠.

아무리 가까운 사이일지라도 어쩔 수 없이 존재하는 서로 간의 벽은, 분명 서로에게 마음을 터놓는 것을 주저하게 합니다. 하지만 이러한 사실이 서로를 원망해야 할 이유가 될 수는 없습니다. 우리가 서로를 완벽히 이해하지 못한다고 해서, 이해하려 노력하지 않는 것은 아닙니다. 서로에 원하는 공감을 건네지 못한다고 해서, 공감하려 애쓰지 않는 것은 아닙니다. 우리 사이에 어쩔 수 없는 벽이 존재한다고 해서, 함께라는 단어가 의미 없어지는 것은 아닙니다. 서로의 전부를 이해하지 못하더라도, 서로에게 마음을 전부 터놓지 못하더라도, 우리가 서로에 다가가려 노력하고 있다는 사실은 명백하죠. 그것으로 충분합니다. 그것만으로도 충분히 우리는 서로에 위로가 될 수 있습니다.

어쩌면 함께라는 건,

우리가 결국 너무도 다른 존재라는 걸 똑바로 마주하는 순간부터,

비로소 시작되는 것인지도 모르겠습니다.

소중한 사람과 시답잖은 이야기로 시간을 채우고 싶습니다. 복잡하지 않은 생각들을 나누고 싶습니다. 아무 생각 없이 광대가 뻐근하도록 웃고 싶습니다. 그러다 가끔, 도저히 혼자서 감당할 수 없는 아픔이 찾아올 때, 삶의 벽이 우리 사이의 벽보다 높게 느껴질 때, 그때 서로에 담아 둔 아픔 토해 낼 수 있는, 그렇게 삶을 버텨 낼 힘을 서로에게 전해 줄 수 있는, 그런 관계이고 싶습니다.

소중한 사람의 담아 둔 마음까지,

전부 사랑하고 싶습니다.

그렇게 함께하고 싶습니다.

관계의 아이러니

    사람과 사람 사이에는 보이지 않는 마음의 거리가 존재합니다. 우리는 이러한 거리에 걸맞게 만남의 빈도를 가지고, 농담의 정도를 결정하며, 때로는 타인의 인생에 꽤나 깊게 개입하기도 하죠. 그러나 지금의 거리가, 앞으로의 관계를 결정짓지는 않습니다. 누구보다 가까웠던 관계도 허무하게 끊어져 버릴 수도 있고, 적당한 거리를 유지했던 관계가 오랜 시간 끊어지지 않고 지속될 수 있죠. 아이러니하게도 가장 가까웠던 친구가 한순간에 남남이 되기도 하고, 적당한 거리를 유지하며 지내던 관계가, 서로의 인생에 오랜 시간 은은한 힘을 실어 주기도 하는 것처럼 말입니다. 이처럼 관계의 아이러니가 발생하는 이유는 무엇일까요.

우리는 소중한 사람일수록 그 사람이 나와 같은 마음일 거라 생각합니다. 그러나 타인을 향한 마음의 거리는 어쩔 수 없는 개인의 영역이기 때문에, 서로 일치하지 않을 수 있습니다. 우리는 이런 상황에서 참을 수 없는 서운함을 느끼게 됩니다. 상대가 나를 생각하는 마음이, 내가 상대를 생각하는 마음과 다르다는 것을 알게 될 때 말이죠.

이처럼 관계의 아이러니가 발생하는 이유는,
각자가 생각하는 마음의 거리가 다르기 때문입니다.

우리는 때로 상대의 서운함을 가볍게 여기곤 합니다. 자신의 소홀함으로 상대가 서운함을 품었다는 생각은 하지 못하고, 상대가 가진 마음이 얼마나 아름다운 것인지 알지 못하고, 상대를 외로움에 방치하곤 합니다. 소중한 사람을 잃지 않기 위해서 우리는, 상대의 마음을 자주 들여다보려는 노력을 해야 할 것입니다. 그리고 자신을 돌아봐야할 것입니다. 나의 소홀함으로 마음의 차이가 생겨 버린 것은 아닌지. 나도 모르게 상대의 소중함을 잊어버린 것은 아닌지.

안타깝지 않나요.
단지 '차이'로 인해 관계가 끊어지게 된다는 것이 말이에요.

서운함을 가볍게 흘려보내, 상대가 멀어짐을 준비하도록 내버려 두지 마세요. 소중한 사람의 소중한 마음을 무심코 지나치지 마세요. 서운함을 표현하는 상대에게 한걸음만 다가가 주세요.

한걸음 다가가는 것은
한걸음 멀어지는 것에 비해
너무도 간단하거든요.

걱정이라는 이름의 사랑

걱정이라는 것이 무거운 짐처럼 느껴질 때가 있었다. 꿈을 좇아 대책 없이 상경해서는 밥도 제대로 먹지 못하고 다녔던 20대 초반, 어머니는 내게 하루가 멀다 하고 걱정 섞인 질문들을 늘어놓곤 했다. 밥은 잘 챙겨 먹고 다니는지, 하는 일은 잘 되고 있는지, 여윳돈은 가지고 있는지, 어디 아픈 데는 없는지. 아무 탈 없이 잘 지내고 있는 건지.

혼자만의 힘으로 살아 보고자 전전긍긍하던 그 시절, 어머니의 걱정은 철없는 투정을 꺼내 보이기에 가장 좋은 핑계 거리였다. 알아서 잘 하고 다니니까 그만 좀 물으라는 막내의 신경질에 어머니는 얼마나 마음이 긁혔을지. 그때의 나는 어머니의 걱정을 싫어했다. 당신의 삶을 아들 걱정으로 채우는 어머니를 이해하지 못했다. 어머니는 온전한 자신의 삶을 살지 못하고 있다고 생각하기도 했다. 자신의 꿈과 목표가 없기에 내게 모든 신경을 쏟는 것이리라, 그렇게 삐뚤어진 생각으로 매번 예민하게 구는 아들에게 어머니는 단 한 번도 화를 내지 않으셨다. 그렇다. 나는 나를 향한 걱정을 싫어했다. 아니, 어쩌면 주변 사람에게 걱정만 끼치고 살아가는 나의 모습을 싫어했다.

언젠가 어머니의 늘어난 흰머리를 바라보다 몰래 눈물을 훔친 적이 있다. 어머니께서 언제나 든든한 모습으로 곁에 있을 거라 믿었던 그 시절의 내가 부끄러웠던 적이 있다. 아무런 대가 없이 자신의 모든 것을 내어 주시는 어머니, 자신은 옷 한 벌 편하게 사 입지 못하시면서, 아들이 기죽을까 항상 메이커 신발을 사 주시던 어머니, 인생의 어려움을 누구보다 잘 알고 있으시기에, 자식들만큼은 그런 삶을 살지 않기를 바라시기에, 언제나 걱정투성이셨던 어머니. 내가 삶에 지쳐 주저앉을 때마다, 어머니는 곁에서 내 손을 꼭 잡아 주셨다. 식당을 하시느라 지문이 전부 닳아 없어진 손으로 그렇게 나를 안아 주셨다. 몇 년 만에 잡아 본 어머니의 손이 무척이나 작고 연약하게 느껴졌다.

'엄마, 엄마는 꿈이 뭐야?'
'엄마는 그냥… 너희들의 삶이 행복했으면 좋겠어. 이제 그게 엄마의 꿈이야.'

언제부턴가 나는 어머니의 꿈이었다. 부와 명예, 또는 성공 따위가 아닌, 나의 행복이 곧, 어머니의 꿈이었다. 그것이 어머니의 걱정의 이유였고, 당신의 삶보다 중요한 가치였다. 어쩌면 우리 모두의 꿈은 결국 그렇게 '사람'으로 옮겨 가는 것인지도 모르겠다.

돌이켜 보면 내가 흔들릴 때마다 나는 타인의 걱정에 불만을 표했었다. 이미 나 자신이 나를 걱정하고 있는데 타인의 걱정을 견딜 재간이 있었을 리가. 그러나 이제는 나를 향한 타인의 걱정을 기꺼이 사랑으로 받을 수 있는 마음의 여백이 내게도 생긴 것 같다. 끊임없이 휘청이던 시절, 내가 나에게 짓눌렸던 시절에, 내가 부담으로 여기던 주변 사람들의 걱정이 사실 나를 향한 깊은 애정의 표현이었음을 이제는 알 것 같다. 나조차도 포기한 나를 일으키려 애쓰던 그들의 마음이 지금에서야 고스란히 스미는 것을 보니, 이제는 내가 그들에게 받은 사랑을 돌려줘야 할 차례가 온 것인지도 모르겠다. 걱정을 담은 눈으로 누군가를 바라본다는 것은 그 사람의 삶에 끝까지 함께하고 싶다는 의미일 것이다.

여전히 어머니는 걱정을 하신다. 아들이 밥은 잘 챙겨 먹었는지, 하는 일은 잘 되고 있는지, 어디 아픈 데는 없는지, 사랑하는 사람은 있는지, 무엇보다, 행복하게 지내고 있는지. 이제 나는 웃으며 대답한다. 어머니, 아들 잘 지내니까 걱정하지 마세요. 그리고 이제 나를 믿어요. 아니, 나만 믿어요.

밥은 먹었냐는 말이,

어디 아픈 데는 없냐는 말이,

사랑한다는 말이라는 것을,

당신의 삶에 끝까지 함께하고 싶다는 마음이라는 것을,

언제까지나 잊지 않고 싶다.

어쩌면 우리 모두의 꿈은

결국 그렇게 '사람'으로 옮겨

가는 것인지도 모르겠다.

노력할 수 있는 것

사랑을 어떻게 노력하냐는 질문을 받은 적이 있어요.

사랑하는 마음은 자신의 의지와 상관없이 저절로 생겨나고,

멀어짐 또한 저절로 찾아오는 것인데

어떻게 마음을 자신의 의지로 조절할 수 있냐고 말이에요.

맞습니다.

사랑의 감정이 생겨나고 사라지는 것은,

자신의 노력으로 바꿀 수 있는 것이 아닐 뿐더러,

어쩌면 노력해서도 안 되는 부분일 것입니다.

마음 떠난 사람이 억지로 자신을 사랑하려 노력하고 있
다면,
　그 노력을 받는 사람의 비참함은 이루 말할 수 없을 테니
까요.

　노력으로 없는 마음을 생겨나게 할 수 없으며,
　노력으로 이미 피어난 마음을 시들게 할 수도 없습니다.

이미 어긋나버린 마음을
억지로 끼워 맞출 수 없는 것은
이러한 이유 때문이겠죠.

하지만 노력으로도 할 수 있는 일이 있습니다.

그것은,
지금 서로가 품고 있는 사랑의 마음을 지켜 내는 것입니다.

먼 거리도 보고 싶은 마음 하나로 달려가고,

최대한 시간을 내어 짧은 순간이라도 함께하려 노력하는 것.

단점의 이면에서 사랑스러움을 발견하고,

처음 느낀 감정이 희미해지지 않도록

나를 사랑에 빠지게 한 그 사람의 모습들을

한 번 더 자세히 들여다보는 것.

너무 가까이 있기에,

자칫 간과할 수 있는 고마움을 찾아내는 일.

그렇게 아주 조금의 사랑도 달아나지 않도록 서로를 느끼며,

서로가 곁에 머무르고 있다는 사실에 언제나 감사하려는

마음.

사랑하지 않는 사람을 사랑할 수 없고

이미 멀어진 마음을 되돌릴 수는 없겠지만

지금 그 사람을 사랑하고 있다면,

노력으로 사랑의 마음을 지켜 낼 수 있을 것입니다.

사랑을 지키기 위한 모든 행동들을,

우리는 사랑을 향한 노력이라고 말합니다.

사랑을 배우다

나 자신에 소홀했던 내가

당신을 만나고부터

따뜻하게 나를 안아 주고 있어요.

그저 예쁜 당신을 사랑했을 뿐인데.

내 안 가득 스며든

당신을 안았을 뿐인데.

사랑의 위대함

사랑의 위대함은

나의 사소한 행동으로

타인의 하루 전체를 행복하게도,

혹은 불행하게도 만들 수 있다는 것이다.

아주 작은 행동만으로도 말이다.

내가 건넨 사랑, 네가 받은 마음

　예쁘게 모양을 만들고, 삐죽 튀어나온 부분을 잘라 냈다. 그러다 부족해 보여 다시 덧붙이기를 반복했다. 그렇게 만들어진 마음을 어떻게 건네야 할지, 어떻게 하면 당신께 닿을 수 있을지 밤을 지새우던 날들이 있었다. 화려한 상자에 담아 로맨틱하게 건네면 어떨까 하다 이내 포기했다. 나에게 그런 재주가 없다는 것쯤은 이미 알고 있으니. 당신에게 건네려던 마음은 어쩌면 처음부터 혼자만의 고민거리였는지도 모르겠다. 무엇을 그토록 바랐던 걸까. 어떤 환상에 젖었던 걸까. 사랑은 어쩌면 처음부터 이기적인 마음으로 이루어진 것이 아닐까. 나를 사랑하지 않는 당신을 사랑하는 것이, 짝사랑이라는 아름다운 말로 표현되어도 되는 걸까. 사실 나는 알고 있다. 사랑의 모양 따위는 중요치 않다는 것을. 건네는 방식 따위는 상관없다는 것을. 나는 당신에게 밤을 새워 고민했던 마음을 건넸다. 조금 더 예쁜 상자에 담았다면 당신에게 닿을 수 있었을까. 아니, 그렇지 않았을 것이다. 나는 당신에게 사랑을 건넸지만, 당신이 건네받은 것은 사랑이 아니었다. 단지 그뿐이다.

성숙한 사랑은

성숙한 사랑은

상대가 주는 것에 민감하지 않다.

자신이 건네는 마음에,

상대 역시 이에 걸맞은 마음을 건네야 한다는

조건을 달지 않는다.

그들은 감정을 숨기거나,

계산하지 않는다.

그저 상대를 향한 마음을
솔직하게 표현한다.

그들은 상대가 건네는 마음에 의연하지만,
자신의 사랑을 받을 줄 모르는 사람에게는
무섭도록 냉정하다.

그들은 만약 상대가 자신의 사랑을
가볍게 여기는 모습을 발견한다면
이별을 준비한다.

이별의 이유는 간단하다.
'더 이상 당신을 사랑하지 않는다.'

그들은 타인을 올바르게 사랑하는 법을
너무 잘 알고 있다.

나의 가치를 알아주는 사람에게 전부를 걸거나,

나의 가치를 알아보지 못하는 사람에게

가차 없이 등을 보이거나.

그들은 사랑에 목을 매지 않는다.

그러나 사랑에 목숨까지 걸 준비가 되어 있다.

그럴 수밖에 없다.

그들은 자신을 너무 사랑하기 때문이다.

창밖에 핀 꽃

창밖의 어여쁜 꽃을 보지 못한 채

창에 비친 자신만을 바라보았다.

꽃은 몇 번이나 피었다가

결국은 말라버렸다.

꽤 긴 시간을 그리워할 것이다.

자세히 들여다본 적도 없으면서 말이다.

수채화

마음에 당신의 흔적이 묻어

세월에 아무리 씻어 봐도

오히려 세월 가득 머금은 채

아무렇게나 휘갈긴 새벽하늘은

또다시 한 폭의 당신이 된다.

서로의 가장 아름다운 시절이 만나는
교차로에서

당신을 만났다. 그리고 당신을 향해 걸었다. 당신을 만난 것은 우연일지 몰라도, 당신을 사랑하게된 건 필연이었다. 잠시 걸음을 멈춰도 좋았다. 멈춰 선 자리에서 함께 늙어갈 수만 있다면 그것으로 충분했다. 나아감보다 무한의 머무름을 원했다. 우리 각자의 삶을 걷다, 그 복판에 멈춰 한참을 사랑했다. 그때는 몰랐던 것이다. 누구보다 가까운 관계가 되었다는 것은, 언제든지 서로를 지나쳐 갈 수 있다는 뜻임을 말이다.

이전의 아픔, 현재의 사랑

    사랑에 아파했던 시절이 있었다. 나의 사랑을 부담으로 느끼고, 나의 서운함을 해결해야 할 문제로 여기는 상대를 바라보며 무너졌던 나날들이 있었다. 그 시절의 아픔은 내 안의 많은 부분을 변화시켰다. 애초에 상처받을 일을 만들지 않기 위해, 타인으로부터 적당한 거리를 유지하려 했다. 더 많이 주는 쪽이 되지 않기 위해 덜 주는 것을 선택했다. 실망하기보다는 기대하지 않는 것을 택했다. 이 세상 모든 사람들이 그렇게 살아가는 것이라 믿었다.

그렇게 사랑에 대한 불신을 당신에게 대입하며, 어쩔 수 없는 일이라는 말을 마음 속 깊이 되뇌며, 보잘것없는 마음만을 당신에게 건넸던 것이다. 나는 이토록 비겁했으나, 당신은 나와 달랐다. 당신은 감정을 드러내는데 주저하지 않았고, 상처가 없는 사람처럼 나를 사랑했다. 다가가지 않는 나를 원망하지 않았고, 한발 먼저 다가온 그 자리에 서서 환하게 웃었다.

이제는 알고 있다. 당신 또한 결코 아픔이 없는 사람이 아니었다는 것을. 나는 과거의 아픔으로 당신을 밀어냈지만, 당신은 과거의 아픔을 딛고 내 앞에 섰다는 것을. 당신을 아픔으로 바라보는 나를, 당신은 사랑으로 바라보았다. 당신이 떠난 뒤에야 나는 깨달았다. 처음부터 당신은, 내 이전의 아픔에 책임이 없었다는 것을.

Part 5

이별에게

어떤 사랑은

이별하기 전에 끝난다

어떤 사랑은
이별하기 전에 끝난다

세상엔 많은 종류의 이별이 존재한다. 짧았던 사랑의 끝, 가족보다 가까웠던 사람과의 이별, 친구에서 연인으로 연인에서 남남으로. 누군가는 사랑을 잃고, 누군가는 사랑을 저버린다. 누군가는 끝까지 손을 잡고, 누군가는 끝내 손을 놓는다. 누군가는 이별을 통보하고, 누군가는 이별을 통보받는다. 그 무엇도 가벼운 것은 없으며, 그 무엇도 아프지 않은 것은 없다.

우리는 이별을 통보받는 사람의 아픔은 너무 잘 알고 있지만, 이별을 통보하는 사람의 아픔에 대해서는 헤아리지 않는다. 이대로 사랑을 지속하는 것이 무의미한 일이 되어버린, 이미 끝나버린 사랑을 부여잡고 있는, 어쩌면 이미 예정된 이별을 통보할 수밖에 없는 자의 아픔에 대해서 말이다.

이별의 예감은, 사랑의 마지막 징조는 어느 한쪽에게만 다가오지는 않는다. 더 이상 서로에 희생하고 싶지 않고, 언제부턴가 사랑이 짐으로 느껴질 때. 서로가 싫어졌다기보다는 서로를 향한 관심이 사라진 상태. 깊었던 사랑일수록 사랑의 끝은 양쪽 모두에게 전해지기 마련이다.

사랑의 끝이 다가올 때, 누군가는 가슴 찢어지는 아픔을 느끼고, 누군가는 따분함을 느낀다. 소홀함에 휩싸여 상대의 처절한 마음을 가볍게 넘겨버린다. 전해지는 이별의 기운을 익숙함으로 덮어버린다. 힘겹게 토로하는 상대의 진심에서 눈을 돌린다. 이러한 과정이 당연시 되어버린 관계. 누군가는 상대의 사랑을 당연시하고 누군가는 이별을 준비한다.

이별 후의 두려움으로 혹은 눈앞에 아른거리는 이전의 추억 때문에 이미 끝나 버린 관계를 억지로 이어 나간다는 것은, 오히려 그간 함께 했던 시절들을 퇴색시키는 결과를 낳을지도 모른다. 이미 끝나 버린 사랑을 억지로 외면하며 여린 마음에 서로가 서로를 정리하지 못할 때, 깊은 사랑을 나눈 상대에게 어쩔 수 없이 상처를 남겨야만 하는 이별을 통보하는 쪽 역시, 이별을 통보받는 쪽만큼 아플 수 있다. 이별을 통보받는 쪽은 자신이 관계를 끝내지 않았다는, 끝까지 손을 놓지 않았다는 말로 자기 자신에게 면죄부를 줄 수 있지만, 이별을 통보하는 쪽은 이별의 책임을 온전히 홀로 짊어지게 된다.

우리는 이별을 통보받는 서러움에 대해서는 많이 공감하고 가슴 아파하지만 이별을 통보하는 쪽의 아픔은 가볍게 치부하곤 한다. 하지만 진심을 다해 사랑하고 다른 이유가 아닌, 서로가 함께 하는 것이 더 이상 행복하지 않다는 이유로 이별을 선택할 때, 그토록 깊었던 관계의 끝을 감당한다는 것이, 어느 한쪽에게는 아프고 어느 한쪽에게는 쉬운 일은 아닐 것이다. 끝까지 이별을 통보하지 않았다고 해서 그 사랑을 지켜낸 것이라고 할 수 있을까. 이별을 통보했다고 해서 사랑을 저버린 것이라고 할 수 있을까. 이미 끝난 사랑에 마침표를 찍는 것을 누가 했느냐는 그리 중요한 것이 아니다. 오랜 사랑의 끝이 다가올 때, 그 이별의 징조는 분명 양쪽 다 느끼게 된다. 오랜 시간 함께 맞춰 온 사랑의 온도가 달라지는 것을 어느 한쪽만 느낄 리 없다. 누군가는 그것을 회피하고, 누군가는 그것을 정면으로 마주한다. 누군가는 관계를 움켜쥔 채 사랑을 저버리고, 누군가는 추억을 간직한 채 관계를 정리한다.

나는 생각한다. 이별을 통보받는 사람이 뒤늦게 실감하는 사랑의 끝, 그리고 그로 인해 느끼는 아픔은, 이별을 통보하는 사람이 사랑의 끝을 예감하며 수없이 무너졌던 지난밤의 아픔과 다르지 않을 것이라고.

어떤 사랑은 이별하기 전에 끝난다.

사랑을 잃고 우리가 배운 것

영화 <플립>은 사랑을 마주하는 아이들의 모습을 섬세하게 묘사한다. 여주인공 줄리는 앞집으로 이사 온 브라이스를 본 순간부터 첫눈에 반하게 되고, 특유의 솔직함으로 그에게 다가간다. 그렇게 그들은, 서툴지만 진솔한 사랑의 과정을 겪게 된다. 하얀 도화지에 자기만의 색을 칠하듯, 솔직하게 서로를 향한 마음을 키워 나가는 그들의 모습을 보고 있자면 입가에 절로 미소가 지어진다. 아이들의 사랑에는 어른들의 사랑에서 느낄 수 없는 특별함이 있는데, 그것은 다름 아닌, 사랑을 대하는 그들의 '솔직한 모습'이다.

어릴 적 우리는 사랑에 빠지는 것을 두려워하지 않았다. 가슴 뛰는 설렘을 그 자체로 온전히 느낄 수 있었다. 저 사람이 나를 사랑해 주지 않으면 어쩌지라는 약간의 두려움은 존재했지만, 적어도 시작도 전에 사랑보다 상처를 먼저 떠올리지는 않았다. 사랑의 상처와 이별의 아픔을 경험하기 전의 우리는 분명 솔직하게 사랑을 마주했다. 어느덧 세월이 흘러 꽤 많은 상처를 겪은 우리는, 상처받지 않기 위해 적당히 마음을 건네고, 이별의 아픔을 두려워하며 커져 가는 사랑을 스스로 잘라 낸다.

어른이 된 우리는 알고 있다. 서로 다른 아픔을 경험한 두 사람이 서로에게 마음을 열고 다가간다는 것이 얼마나 어려운 일인지, 피어나는 두려움을 딛고 서로를 향해 나아간다는 것이 얼마나 어려운 일인지. 하지만 그럼에도 자신을 숨기지 않고 솔직하게 상대를 향하는 사람을, 우리는 종종 목격한다. 그들은 사랑을 건네는 데 주저함이 없다. 사랑하는 사람이 생긴다면, 자신의 마음이 외치는 곳으로 그저 나아갈 뿐이다. 그들의 발걸음에는 주저함이 없다. 좀 더, 정확히 얘기하자면, 과거의 상처로 인한 주저함이 없다. 그들은 그저 단순하거나, 용감한 것일까. 그렇지 않다. 마음을 건넴으로써 받게 될지 모르는 상처보다, 주저하느라 건네지 못한 마음이 후회로 남게 되는 것이 더욱 두려운 것이다. 후회 없이 사랑하고자 하는 사람은, 상처로 인해 무너지지 않는다. 그리고 그런 자신의 사랑이 얼마나 값진 것인지 알기 때문에, 아무에게나 사랑을 건네지 않는다.

줄리를 향한 고민에 빠져 있던 브라이스에게 할아버지는 말한다.

"어떤 사람은 평범한 사람을 만나고, 어떤 사람은 광택나는 사람을 만나고, 어떤 사람은 빛나는 사람을 만나지. 하지만 모든 사람은 일생에 한 번 무지개같이 빛나는 사람을 만난단다. 그런 사람을 만났을 때, 더 이상 비교할 수 있는 게 없단다."

나는 어떤 사람일까. 아니, 앞으로 만날 나의 인연에게 나는 어떤 사람으로 비춰지게 될까. 사랑 앞에 비겁하지 않은 사람이고 싶다. 적어도, 이전의 상처로 인해 지금의 사랑을 멍하니 떠나보내는 미련한 사람만은 아니었으면 한다. 빛나는 사랑을 품은 사람이, 비겁한 사람에게 마음을 건넬 리 없으니까. 무지개는, 자신의 사랑을 후회 없이 건넬 줄 아는 사람의 곁에 떠오를 것이다.

사랑을 잃고 우리가 배운 것은
충분히 아플 수 있는 용기인가.
상처받지 않을 정도로만 사랑을 하는 방법인가.

돌려받지 못한 마음을 그리며 느낄 슬픔보다,
소중한 사람과의 이별에 태연해질 내 모습이 더욱 두렵다.

이별의 길

오랜 시간 함께했던 사랑의 길이 끝나고,

우리는 이별의 길로 들어섰다.

"여기서부터는 이별의 길이네."

나는 아무런 대답도 하지 않았다.

"잘 가. 아프지 마."

당신의 떨리는 목소리가 나의 가슴을 적셨다.

차오르는 눈물을 억누르며 나는 생각했다.

— 그래, 당신도.

그렇게 우리는 서로의 손을 놓았다. 그리고 우리 앞에 주어진 이별의 길을 함께 걸었다. 이별의 단계는 두 단계로 나뉜다. 그리고 그 첫 단계는, 생각보다 일찍 찾아온다.

처음에는 그저 가파른 이별의 길을 걷는다. 어느 정도는 예상했던 길이다. 나는 알고 있었다. 그 사람 또한 분명 내 곁에서 함께 걷고 있다는 것을. 이별의 아픔을, 그 험난함을 그 사람도 분명 느끼고 있다는 것을. 그러나 이별의 길은 사랑의 길과 달랐다. 우리는 서로의 힘듦을 느끼면서도, 서로를 바라볼 수 없었다. 아니, 그래선 안 된다. 이것이 이별의 첫 번째 단계였다.

'무슨 일이 있어도, 우리는 서로를 마주해선 안 된다.'

이 사실을 알았을 때, 나는 무너졌다. 사랑의 길을 함께 걷던 우리가, 힘든 시간 서로의 아픔을 위로하고 어루만지던 우리가, 서로의 삶에 더 이상 관여해서는 안 된다는 사실, 그 잔인한 사실이 나를 깊게 찔렀다. 눈앞이 흐려졌다. 하지만 괜찮다. 아직 우리는 함께 걷고 있다. 함께, 같은 아픔을 겪고 있다.

우리는 그렇게 계속해서 이별의 길을 걸었다. 한 번도 서로를 마주하지 않았기에, 서로의 상황을 정확히 알지는 못했지만, 그럼에도 서로가 함께 이별을 걷고 있다는 사실만은 알고 있었다. 그렇게 멈추지 않고 걸었다. 그리고 점점 지쳐 갔다.

그렇게 계속되는 고난에 지쳐, 더 이상 걸어갈 힘이 없을 때. 감당할 수 없는 아픔에 주저앉아 울고 싶을 때, 그 사람 품에 안겨, 그동안 힘들었다고 서럽게 흐느끼고 싶을 때, 절대 고개를 돌려선 안 된다고 끊임없이 다짐하다가, 상대가 잘 걷고 있는지 확인하기 위해 고개를 돌리는 순간, 이별의 두 번째 단계를 마주하게 된다.

그 사람은 없었다.

그러나 이별의 길은

사랑의 길과 달랐다.

마지막 순간

나는 몇 번이고 뒤돌아보았고

그 사람은 한 번도 뒤돌아보지 않았다.

마지막 아픔의 순간을 마주하는 방법마저

우리는 이렇게 달랐다.

인연이 아니었을 거야

"인연이 아니었을 거야, 그렇게 생각해."

이 한마디에 마음의 위안을 얻은 나는

우리의 헤어짐은 내가 어찌할 수 없는

불가항력이었다고

그렇게 믿고 싶은 모양이다.

우리의 끝이 내 탓이라면

나의 노력으로 바뀔 수 있는 일이었다면

견딜 자신이 없으니까.

그러니까 우리는

인연이 아니었어야만 한다.

그래야만 한다.

K씨의 기록

1.

마음을 다해 사랑했다면 후회가 남지 않는다는 말은 거짓말이다. 아무리 할 수 있는 전부를 다해 사랑했더라도 언제나 후회는 남는다. 이별이란 그런 것이다. 이별은 언제나 후회라는 몹쓸 녀석을 남기고 간다. 후회는 추억을 만나 일상을 마구 어지럽힌다. 이별이 시작되면 그간 쌓아 왔던 추억들은 사라져야만 하는 대상이 된다. 함께했던 행복은 각자의 아픔이 되고 우리는 홀로 자신을 치유해야 한다. 이별은 차갑다. 이별은 대답이 없다. 이별은 뒤돌아보지 않는다. 그저 아무도 없는 곳에 나를 덩그러니 놓아둔다. 의지할 것은 시간뿐이다. 현실이 아닌 것처럼 멍해진다. 내 안에 중요한 무언가가 빠져나간 것 같다. 정신을 차려야 하는데, 정신을 차리기가 두렵다.

2.

강아지 두부만이 울고 있는 나를 위로한다. 생전 애교라고는 부리지 않는 녀석인데 이럴 때면 정말 사람인가 의심이 든다. 그도 우리 두부를 참 좋아했다. 함께 산책을 시키다가 목줄을 쥐어 줄 때면 누가 누구를 산책시키는 건지 모를 정도로 이리저리 휘둘리곤 했는데, 그 모습이 참 사랑스러웠다. 방금 전 울음을 그치고 그 사람 생각을 절대 하지 않으리라 다짐했는데, 어느새 또 떠올리고 있다. 그가 내 삶의 정말 많은 부분을 차지하고 있었음이 분명하다. 고개를 조금만 돌려 보아도 그 사람의 흔적이 묻어 있다. 내가 정말 그 사람을 잊을 수 있을까. 상상조차 되지 않는다.

3.

생각해 보면 우리는 제대로 된 작별 인사조차 하지 못했다. 하지만 우리는 이제 서로에 아무런 말도 건넬 수 없다. 이토록 허무한 끝이 있을까. 우리는 이제 서로의 감정을 알지 못한다. 알려고 해서도 안 된다. 감정을 공유해야 할 이유를 잃었다. 그에게서 단 한 번도 연락이 오지 않았다. 그는 나만큼 아프지 않은 것일까. 어쩌면 진즉에 일상으로 돌아가 편안하게 살아가고 있는지도 모른다. 나 따위는 안중에도 없이, 꿋꿋하게 자신의 행복을 만들고 있는지도 모른다.

4.

그래서 뭐? 그 사람이 불행하기를 바라는 것인가. 우리는 행복해야 한다. 나 또한 그러기 위해서 모든 노력을 다하고 있는 것이 아닌가. 그 사람을 잊기 위해 노력하고 있는 내가, 그 사람 없이 행복하려 애쓰고 있는 내가, 그 사람의 불행을 바란다는 것은 엄청난 모순이다. 그 사람이 행복했으면 좋겠다고 나지막이 읊조려 본다. 그럼에도 그가 나 없이 행복한 모습을 떠올리는 것은 여전히 아프다.

5.

휴, 위험했다. 하마터면 그 사람에게 전화를 걸 뻔했다. 그저 마지막 작별 인사를 건네고 싶을 뿐이었지만, 그래도 참아 낸 것이 다행이다. 방을 정리하다 우연히 발견한 그 사람의 편지가 원인이었다. 발견했어도 열어 보지 말았어야 했는데… 그래도 편지를 발견하고 얻은 수확도 있다. 그는 나를 정말 많이 사랑했었나 보다. 그를 조금 더 좋은 마음으로 보내 줄 수 있을 것 같다.

6.

다른 사랑을 시작하지 못한다. 이유는 간단하다. 그 사람과의 대화가 떠오르고, 그 사람의 미소가 떠오르며, 그 사람과 함께했던 그때의 공기가 떠오른다. 그 사람이라면 이렇게 반응했을 텐데… 그 사람과 함께라면 이렇게 행동하지 않았을 텐데… 나의 본모습은 이게 아닌데… 그 사람과 함께 있을 때 나는 무슨 생각을 하고 있었더라. 아무런 기억이 나지 않은 걸 보니 그만큼 편안했다는 뜻이겠지. 아직은 다른 사람을 만날 수 없다.

7.

만약 이렇게 될 줄 알았다면, 그럼에도 우리는 사랑을 시작했을까. 아니 그렇지 않았을 것이다. 이토록 아플 것을 미리 알고 있었다면 서로를 향해 그토록 두려움 없이 다가갔을 리가 없다. 그렇다면 우리는 이루어지기 위해 사랑을 한 것일까. 그렇다면 우리 사랑은 이루어지지 못했기에 그 의미를 잃은 것일까. 머리가 복잡하다. 우리 사랑이 대체 어떤 의미를 지니고 있는 것인지 잘 모르겠다. 조금은 감정이 격해진 것 같으니, 한숨 자야 할 것 같다. 잠이 올지는 모르겠지만 말이다.

8.

그 사람이 미워 죽겠다. 왜 우리가 헤어져야만 했던 걸까. 그냥 그대로도 좋았는데, 아니 설사 잠시 좋지 못했더라도 조금은 더 버텨 볼 수 있었던 게 아닌가. 어떻게 그토록 쉽게 추억을 뿌리칠 수 있었던 걸까. 내가 사람을 잘못 본 것이 분명하다. 그 사람을 사랑했던 것이 후회가 된다.

9.

술을 마시고, 그 사람에게 전화를 걸었다. 그는 전화를 받지 않았고, 내가 행복했으면 좋겠다는 문자만을 보내왔다. 우리 함께 앉아 웃던 벤치에서 홀로 몇 시간을 울었다.

10.

어쩌면 전부 내 탓이었는지도 모르겠다. 그 사람은 잘못이 없다. 내가 더 좋은 사람이었다면 우리는 조금 더 오랜 시간을 함께할 수 있었는지도 모른다. 아니다. 생각해 보면 나도 최선을 다했던 것 같은데… 정말 그 빌어먹을 타이밍 때문인 걸까. 사랑이 타이밍 따위에 휘둘리는 것이라면 더 이상 사랑을 하고 싶지 않다. 사랑은 생각보다 힘이 없는 것이 분명하다.

11.

잘 지내고 있는지. 밥을 잘 챙겨 먹지 않아 자주 아프곤 했는데 어디 아프지는 않은지. 한때는 우리 추억을 의심했었고, 한 번도 뒤돌아보지 않는 당신을 원망했었다. 하지만 이제는 알고 있다. 이제는 받아들이려 한다. 이제 우리는 서로에게 아무것도 아니다.

12.

그 사람이 떠오르면 바로 다른 생각들을 집어넣는다. 이게 가능하다니, 조금은 씁쓸하기도 하지만 그래도 그전보다 편안하게 일상을 살아갈 수 있어 다행이다. 가끔 떠올리면 여전히 코끝이 찡해지곤 한다. 그래도 평소처럼 살아간다. 차오르는 감정을 꾸역꾸역 누른다. 참아 낼 수 있다는 것으로도 많은 발전이다. 그래도 딱 한 번만 보고 싶다.

13.

꽤 많은 시간이 흘렀다. 가끔 생각이 나지만 마음의 요동이 심하지는 않다. 그 사람이 가끔 궁금하긴 하지만 그렇다고 전화번호를 누를 정도로 통제가 불가능하지는 않다. 전하고 싶은 이야기가 있다. 미안하다는 말. 그리고 고마웠다는 말. 이제 우리는 서로의 길을 걸어가겠지. 새로운 사람을 만나 새로운 사랑을 하겠지. 이제는 그때를 떠올리며 눈물지을 일도, 그 시절의 아련함에 잠 못 이룰 일도 없을 것이다. 하지만 우리가 사랑했던 그 시절은 우리의 일부가 되었다. 좋든 싫든 지금의 우리를 만들었다. 우리 그렇게 서로에 의해 변화한 모습으로 새로운 길을 걸어가자. 전해지지 않을 이야기를 혼자서 떠올려 본다. 그래, 작별 인사가 전해지지 않으면 어떠하랴. 서로에 무엇도 전하지 않는 것. 서로가 세상에 존재하지 않는 것처럼 각자의 삶을 살아가는 것이야말로 진정한 이별일 것이다. 우리 사랑했던 시절이 내 안으로 사라져 간다. 사랑의 의미를 이제 조금은 알 것 같다. 잘 지내. 건강하고.

14.

맛있는 음식을 먹는다. 코미디 프로를 보며 웃는다. 그 사람과의 추억이 깃든 장소를 지나갈 때면 가끔은 그 사람이 떠오른다. 언젠가 우연히 마주친다면 웃으며 지나칠 수 있을 것 같다. 문득 이런 생각이 든다. 그 사람은 내게 정말 많은 것을 주었구나. 그 시절은 내 삶의 가장 찬란했던 페이지로 언제까지나 남아 있겠구나. 이제 다음 사람에게는 더 깊은 사랑을 건넬 수 있을 것 같다. 그도 분명 그럴 것이다. 그랬으면 좋겠다. 이제 더 이상의 기록은 의미가 없으니 여기서 마치겠다.

아, 마지막으로, 우리 두부가 새끼를 낳았다. 정말 귀여운 녀석들을 세 마리나 낳았다. 그냥 그렇다고. 이젠 정말 안녕.

아무리 할 수 있는 전부를 다해
사랑했더라도 언제나 후회는
남는다. 이별이란 그런 것이다.

A씨의 기록

1.

사랑이 변하지 않는다는 말은 거짓말이다. 사랑은 언제든 변할 준비가 되어 있다. 시간을 머금은 사랑이 처음보다 짙어진다는 것은 어쩌면 처음부터 불가능한 일이었는지도 모른다. 함께하는 시간은 계속해서 쌓여만 가는데, 사랑의 깊이는 어째서 점점 줄어만 가는 것일까. 어쩌면 사랑은 스스로를 갉아먹음으로써 함께할 시간을 늘려 가는 것이 아닐까. 억지로 버텨 본들 상처만 늘어 간다. 그럼에도 희망의 끝자락을 부여잡을 수밖에 없는 지금이 야속하다.

2.

언제부턴가 그는 변하기 시작했다. 연락의 횟수는 줄어들었고, 만남 또한 뜸해졌다. 어떤 상황에서도 나를 일순위에 두던 그는 이제 없다. 밤마다 다정하게 나의 이야기를 들어 주던 그 역시 없다. 내가 조금 덜 좋아했다면 더 쉽게 버틸 수 있었을까. 내가 앞서가지 않았다면 조금 덜 기다릴 수 있었을까. 아니, 나는 그대로인데 그가 변한 것이 분명하다. 나는 본래의 속도로 가고 있는데, 그가 뒷걸음질 치고 있는 것이 분명하다. 나의 사랑이 잘못인 것만 같다. 나의 바람이 죄인 것만 같다. 내일이 휴일이니 오늘은 전화로나마 긴 이야기를 나눌 수 있지 않을까 싶어 기다렸지만, 그는 피곤하다는 문자 한 통만을 보내왔다. 기다리는 것이 너무 외롭다. 부정적인 생각들이 내 머릿속을 마구 헤집는다. 잠이 오지 않는다.

3.

비록 지금의 우리는 꽤나 휘청이고 있지만, 사실 생각해 보면 좋은 기억들이 훨씬 많이 있었다. 그래, 우리 사랑이 이렇게 쉽게 변할 리 없다. 이조차도 어쩌면 스쳐 지나갈 순간에 불과할 뿐인지도 모른다. 후에 웃으며 털어놓을 우리 사랑의 에피소드 중 하나일 뿐인 지도 모른다. 괜찮다. 예전처럼, 예전의 우리가 사랑에 빠졌던 그때처럼, 또다시 서로를 향해 다가가기만 하면 그만이다. 새롭게 사랑을 시작하면 그만이다. 서로에 대해 잘 알고 있으니 어쩌면 예전보다 쉬울지도 몰라. 그래, 아무것도 하지 않고 이대로 끝내기에는 그 시절의 우리가 너무도 아름답다. 어쩌면 지금이야말로 내가 용기를 내야 할 때인지도 모른다. 두려움을 누르고 나를 향한 진심을 내보이던 예전의 그가 그랬듯이 말이다.

4.

오늘은 평소와 다른 모습으로 그 사람 앞에 섰다. 색다른 나의 모습을 바라보는 그에게서 예전과 닮은 눈빛을 발견했다. 조금은 나아질 수 있을 것만 같다. 어쩌면 나 또한 노력이 부족했던 것인지도 모른다. 사랑이란 함께 노력함으로써 채울 수 있는 것이 분명하다. 이번 주말에는 그와 함께 특별한 곳에 놀러 가야겠다. 조금은 조용한 곳이 좋을 것 같다. 그는 사람이 북적대는 곳보다, 조용한 곳에서 눈앞에 펼쳐진 풍경을 멍하니 바라보는 것을 좋아하니 말이다.

5.

주말에 함께 놀러 가지 못하게 됐다. 그에게 약속이 생겼기 때문이다. 오랫동안 만나지 못한 친구에게서 연락이 왔다고 한다. 나에게 미리 말해 주었으면 좋았을 텐데. 조금 서운한 마음이 들지만, 어쩔 수 없다. 나의 욕심 때문에 오랜 친구와의 만남을 미룰 수는 없는 일이다. 나 또한 그에게 방해가 되고 싶지는 않다. 그의 행복을 빼앗고 싶지 않다. 다만, 아무렇지 않은 목소리로, 일말의 아쉬움도 없이 친구와의 약속을 선택하던 그 사람의 모습이 조금 아플 뿐이다.

6.

그는 변했다. 표정은 무심해졌고, 말투는 퉁명스러워졌다. 그리고 무엇보다, 나를 예전처럼 따뜻하게 바라봐 주지 않는다. 부정하고 싶지만 결코 부정할 수 없는 사실이다. 예전의 그가 그립다. 나를 세상 가장 사랑스럽게 바라보던 그 시절의 눈빛이 그립다. 그의 곁에서 그 시절을 그리워하는 지금의 내가 너무 아프다. 우리가 예전으로 돌아갈 수 있을까. 확신이 서지 않는다.

7.

아무렇지 않은 척, 그와 데이트를 했다. 전부 좋았다. 평소처럼 함께 영화를 보고 밥을 먹었다. 그 또한 즐거워 보였다. 밤이 깊었을 때, 우리가 자주 가던 술집에 갔다. 분위기에 취한 나는 평소에 나를 힘들게 하는 직장 상사 이야기를 늘어놓았다. 그게 실수였다.

8.

네가 너무 예민한 거 아냐? 근데 그 사람 입장도 이해가 가긴 하는데 나는? 네가 원래 좀 퉁명스러운 구석이 있잖아. 아니, 그냥 내 생각이 그렇다는 거지. 그 사람도 그 사람 나름의 입장이 있겠지. 원래 직장 생활이 다 그렇지 뭐. 때려치울 거 아니면 참고 다녀야지 뭐 어떻게 하겠어. 모르겠다. 나는.

사실, 솔직히 말해서 그 사람이 잘못한 부분을 하나도 모르겠어. 내 생각은 그렇다고. 아니, 왜 그래? 왜 또 말이 없어. 알았어, 알았어. 내가 미안해. 근데, 쉬는 날까지 이런 얘기 나눠야 해? 그냥 다른 얘기 하자. 즐거운 얘기. 응? 뭐야. 너 울어? 아… 진짜 미치겠네. 왜 또 울어, 아. 미안해 내가. 울지 마 응?

9.

서러웠다. 도저히 넘을 수 없는 벽이 내 앞을 가로막고 있는 듯한 느낌이 들었다. 숨을 쉴 수 없을 만큼 답답했다. 도저히 눈물이 멈추지 않았다.

10.

집에 돌아가는 길. 우리는 한마디도 나누지 않았다. 그는 내게 눈물의 이유에 대해서 물어보지 않았다. 그는 나의 아픔에 더 이상 관심을 갖지 않았다. 답답하다는 듯이 내쉬는 한숨이 내 가슴을 깊게 찔렀다. 나의 아픔은 이제 그에게 아무것도 아니다.

11.

결국, 그가 가장 싫어하는 행동을 해 버렸다. 집 앞 벤치에 앉아 대화를 나누던 도중 자리를 피해 버렸다. 연애 시작 때부터 절대 하지 말자고 약속했던 부분이었는데. 지키지 못했다. 어쩔 수 없었다. 그 자리에 있으면 곧장 눈물이 터질 것만 같았으니까. 나의 감정을, 나의 입장을 이해하려 노력조차 하지 않는 그의 모습을 더 이상 견딜 수 없다. 아니, 그에게 끊임없이 실망하며 느껴지는 나의 감정을 견딜 수가 없다. 무엇보다, 더 이상 그의 앞에서 울고 싶지 않다. 그의 한숨에 또다시 찔리고 싶지 않다. 나의 눈물은 그에겐 이제 그저 골칫거리일 뿐이다. 나는 이제 그의 앞에서는 슬퍼도 울 수 없다.

12.

그에게 나란 존재는 무엇일까. 그에게 나는 그저 추억을 나눈 사이, 그 이상도 이하도 아닌 것만 같다. 다 끝나 버린 관계를 나 혼자서만 부여잡고 있는 것 같아 마음이 아려 온다. 우리의 미래가 행복할 수 있을까. 이제는 자신이 없다. 나는 그의 곁에서 더 이상 행복할 수 없을 것만 같다. 그와 함께하는 것이 비참하고 외롭다.

13.

우리는 서로에 차가워졌다. 나 또한 더 이상 예전처럼 그에게 다가가지 않았다. 무엇이 문제였을까. 우리가 서로에 솔직한 마음을 털어놓을 수 있을까. 만약 그렇다면 서로의 감정을 진심으로 이해할 수 있을까. 사실, 나는 알고 있다. 그는 나를 이해하지 못하는 것이 아니라, 이해하고 싶지 않은 것이다. 그는, 더 이상 나를 사랑하지 않는 것이다.

14.

평소와 같은 일상이 이어졌다. 우리는 형식적인 연락을 주고받았으며, 최소한의 시간만을 서로에 투자했다. 달라진 것은 없었다. 그저 조금 더 바쁘게 각자의 삶을 살아갈 뿐이었다. 나는 더 이상 그에게 관심을 갈구하지 않았다. 그에게 더 많이 표현해 줄 것을 요구하지도 않았다. 서로에 무엇도 요구하지 않기에 자연스레 다툼은 줄어들었다. 그는 편안해 보였고, 이해해 줘서 고맙다고 했다. 관심이 줄어들수록 다

틈이 줄어들고 편안해지다니, 슬픈 일이다. 나의 관심은 그에게 무엇이었을까. 그는 내게 무엇을 원하는 걸까. 지금 나의 모습은 내가 아니다. 그를 사랑했던 나의 모습이 아니다. 이제 나는 더 이상 그에게 솔직한 모습을 내보일 자신이 없다. 솔직한 모습을 보이지 않는다는 것은, 상대에게서 멀어지겠다는 일종의 선언과도 같다. 우리는 이제 거리를 두지 않고서는 편안할 수 없는 것일까. 속마음을 감추지 않고서는 잔잔할 수 없는 것일까. 더 이상 상처받을 자신이 없다. 아무래도 우리 사이에 시간이 필요한 것 같다.

15.

"우리…… 시간을 갖자."

16.

시간이 필요했다. 우리에게 아직 사랑이 남아 있는지 확인할 시간. 서로가 없는 각자의 일상을 살아 낼 수 있는지 확인할 시간. 우리가 함께하는 것이 진정 옳은 일인지 확인할 시간. 나의 진짜 마음을 돌아볼 시간. 괜찮을 줄 알았다. 평소와 다름없이 아무렇지 않게 살아 낼 줄 알았다. 하지만 그가 없는 일상은 공허했고. 내가 없는 그의 일상은 불안했다. 혼자서 가끔 울었다. 하지만 그것도 잠시, 나는 그가 없는 일상에 점점 익숙해져 갔다. 그는 한 달이 넘는 시간 동안 단 한 번도 연락을 하지 않았다. 그는 인정하지 않을지 모르지만, 나에겐 그것이 나에 대한 그의 마음이었고, 대답이었다.

17.

처음 그 사람을 만났던 때가 생각이 난다. 그때의 우리는 마치 처음부터 운명이었던 것처럼 서로에 두려움 없이 다가 갔다. 그에게는 털어놓지 않았지만 그때의 나는 사실 많이 두려웠다. 그럼에도 그에게 다가갈 수 있었던 이유는 나를 바라보는 그의 눈동자에서 깊은 울림이 느껴졌기 때문이었다. 다른 사람에게서는 찾아볼 수 없었던 나를 향한 굳은 진심이 느껴졌기 때문이었다. 그 시절의 우리가 그립다. 서로를 향한 확신으로 가득했던 우리가 그립다. 멀어진 우리를 상상조차 하지 못하던 그때의 우리가 그립다. 점점 확신이 생긴다. 우리는 그때로 돌아갈 수 없다.

이제 그만 인정해. 당신은, 나를 사랑하지 않아.

18.

그가 몰래 꽃을 사 들고 회사 앞으로 찾아왔다. 그동안 미안했다고, 다시는 아프게 하지 않을 거라고, 정말 많이 사랑한다고 말했다. 떨리는 그의 목소리에서 깊은 진심이 느껴졌다. 하지만 그 진심은 날카로운 송곳이 되어 나의 가슴을 마구 찔렀다. 이상했다. 처음 느껴 보는 감정이었다. 이상하게 눈물이 났다.

19.

사실, 그가 건네는 진심이 그토록 슬프게 느껴졌던 이유는 그의 진심에 더 이상 움직이지 않는 나 자신을 발견했기 때문이었다. 이제는 결코 예전으로 돌아갈 수 없는 우리를 발견했기 때문이었다. 더는 누구도 아프게 하고 싶지 않다. 우리 사랑에 더 이상의 아픔을 남기고 싶지 않다. 그의 진심을 건네받던 그날, 나는 이별을 결심했다.

20.

나와 가장 어울리는 옷을 입었다. 그가 좋아하는 식사 메뉴를 골랐다. 시간은 너무 늦지 않은 적당한 때로 정했다. 발걸음이 무거웠다. 평소와 다름없던 오후, 우리가 자주 가던 카페 구석 자리에서 우리는 헤어졌다.

21.

집으로 돌아가는 길, 우리 자주 머물던 벤치에 앉아 한참을 울었다. 이유는 알 수 없었다. 지난날에 대한 후회도, 그를 향한 미련도 아니었다. 가슴이 텅 빈 것처럼 공허했고, 그 빈 공간에 슬픔이 마구 차올랐다. 우리 웃음이 깃든 그 공간에서, 우리 서로에 사랑을 속삭이던 그 가로등 불빛 아래에서, 나는 토해 내듯 울음을 뱉어 냈다. 그렇게 밤이 깊을 때까지, 한참을 자리에서 일어나지 못했다.

22.

조금 더 버텨 보았으면 어땠을까. 헤어지자는 말 대신, 담아 둔 마음을 털어놓았으면 어땠을까. 쌓인 감정을 솔직하게 토해 냈으면 어땠을까. 마지막으로 우리가 서로에 조금만 더 솔직했다면 어땠을까. 그랬다면 지금의 우리와 조금은 달라졌을까. 여전히 예전처럼 함께일 수 있었을까. 그렇지 않았을 것이다. 죽은 사랑은 결코 되살아나지 않는다. 빛바랜 사랑은 이전의 모습을 되찾을 수 없다. 아니, 애초에 억지로 이전의 모습을 되찾아야 할 의무부터 존재하지 않는다. 사랑 자체가 사랑을 지켜야 할 이유이기 때문에, 사랑이 사라지는 순간 그 이유 역시 사라지는 것이다. 말라 가는 사랑은 힘이 없다. 추억만으로 이어가는 관계는 더더욱 의미가 없다. 추억은 사랑을 잃는 순간부터 아픔이 된다. 그저 견뎌 내야 할 과거의 기억이 된다. 사랑의 변화를 목격했을 때, 우리가 할 수 있는 일은 그리 많지 않다.

23.

밤늦게 그가 전화를 걸어왔다. 한참을 망설였으나 결국 받지 않았다. 우리는 끝났다. 끝은 끝일뿐, 더 이상 아무런 말도 필요치 않다. 처절했던 우리, 그렇기에 너무도 아팠던 우리, 그리고 누구보다 아름다웠던 우리. 우리는 결국 한때의 사랑이 되었지만, 서로의 삶에 부정할 수 없는 자취를 남겼다. 그것으로 된 것이다. 우리는 서로의 삶에 딱 그 정도의 역할이었던 것이다. 원망할 것도, 아쉬워할 것도 없다. 진심으로 그가 행복했으면 좋겠다.

24.

혼자서 여행을 왔다. 우리의 흔적이 남아 있지 않은 곳을 골랐다. 아직은 혼자서 우리의 흔적을 마주하고 싶지는 않다. 아직은 마주한 우리의 추억 앞에서 태연할 자신이 없다. 생각해보면 우리는 참 많은 시간을 함께 했다. 처음 함께 바다를 마주했던 때, 아무런 계획도 없이 무작정 기차표를 끊었던 때, 학창 시절처럼 우스꽝스러운 머리띠를 쓰고 놀이동산을 입장하던 때, 새해 첫 일출을 바라보며 사랑을 약속하던 때. 처음 강아지 두부와 셋이서 산책을 나가던 때, 이렇게 되어버린 지금의 우리를 전혀 예상하지 못하던 그때 그 시절. 비록 우리는 변했지만, 우리가 한 시절을 사랑했다는 사실만은 변하지 않는다. 함께했던 시간들을 아프지 않게 떠올릴 수 있으려면 얼마나 긴 시간이 흘러야 할지는 모르겠지만, 지금의 시간이 마냥 아프지만은 않다. 다행이다. 적어도 우리 사랑에 너무 깊은 후회가 남지는 않았으니 말이다. 뭐, 시간이 지나고 지금을 돌이켜 보았을 때, 미처 찾아내지 못했던 후회를 발견하게 될지도 모르지만. 그것이 뭐가 중요하겠는가. 이제 서로에 전하지 못한 사랑은 다음 사람을 향하게 될 것이다. 우리는 서로에 의해 성숙해진 모습으로 다른 사람의 품에 안길 것이다.

25.

함께해 온 흔적들을 지워 낸다. 내 방에 걸려 있던 그 사람과의 사진을 내린다. 언젠가 그에게 선물 받은 상자에 모든 흔적들을 집어넣는다. 아직, 이 상자를 버릴 자신은 없다. 가장 손이 닿지 않는 곳에 상자를 밀어 넣는다. 사실, 전하지 못한 말이 많이 있다. 고마웠다는 것. 그리고 행복했다는 것. 괜한 미련을 남기게 될까 말하지 못했지만, 한때 우리가 사랑했다는 사실만은 부정하지 않았으면 좋겠다. 지나친 욕심이겠지만, 우리 추억이 행복했던 순간으로 영원히 남을 수 있었으면 좋겠다. 보고 싶을 거야. 두부도, 당신도. 누구보다 사랑했기에 누구보다 짙은 기억으로 남은 사람. 항상 끼니를 제시간에 챙겨 먹지 않는 게 조금 걱정되긴 하지만, 이쯤에서, 안녕.

26.

아, 그리고 나도 강아지를 한 마리 입양하려고 해. 두부에게 정이 너무 많이 들어 아무래도 안 되겠어. 이왕이면 두부와 닮은 아이였으면 좋겠다. 그럼 너무 슬프려나. 아무튼, 이제 정말 안녕.

사랑이 변하지 않는다는 말은 거짓말이다. 사랑은 언제든 변할 준비가 되어 있다.

작별

긴 여행을 떠나는 것이다.

발 딛는 곳마다 온통 익숙한 바람이다.

이토록 어여쁘게 피어난 꽃들은

겁 없이 흩뿌린 우리의 흔적이다.

어디를 향하더라도 그때의 우리를 만난다.

긴 여행을 떠나는 것이다.

당신을 잃은 채로,

끊임없이 우리를 만나는 것이다.

사소한 기억

당신을 잃고,

꽤 오랜 시간을 건너왔음에도

변함없이 나를 눈물짓게 하는

기억이 있다.

함께 맞이한 아침에

당신이 머리를 말리던 모습이라던가,

나의 짓궂은 장난에

당신이 토라져 돌아누웠던 모습,

맛있는 음식을 먹으며 행복해 하던

당신의 미소 따위의

아주 사소한 장면들이었다.

마치 추억이,

모자란 나에게 가장 소중히 여겨야 했을 순간을

가르쳐 주는 것처럼 말이다.

혼자만 노력하는 관계

상대와의 관계를 유지하기 위해 혼자 시간을 쏟고,

어긋나 버린 관계를 개선하기 위해 혼자 노력하고,

뜻대로 되지 않아 혼자 좌절하고.

그렇게 노력을 반복하다

결국 손을 놓아버렸을 때

상대가 아무 일도 없다는 듯

자신의 삶을 살아간다면,

그때 찾아드는 허무함은

감당하기 힘든 정도일 것이다.

나의 노력이 그 사람에게

티끌만큼의 영향도 미치지 못했다는,

그 사람의 일상은

나 하나 등 돌린다고 해서

전혀 흔들리지 않는다는 생각.

나 혼자만 아무것도 없는 허공을 향해

계속해서 손을 뻗었다는 박탈감,

이토록 커다란 아픔들이 마음을 덮칠 때

우리는 생각해 보아야 한다.

나는 둘이 함께하는 관계에 애를 썼는가.

아니면 그 사람 하나만을 위해

계속해서 힘을 쏟았는가.

내가 지키고자 하는 '우리'의 관계에
'나'의 자리는 있었는가.

건널목에서

당신은 내가 궁금하지 않았지. 당신 뒤에서 내가 어떤 표정을 짓고 있는지, 어떤 감정을 느끼고 있는지. 그럼에도 미련하게 당신을 향했던 거야. 언제부턴가 당신의 뒷모습을 바라보는 것이 익숙해져 버린, 어느덧 혼자서 뒤돌아 갈 용기를 상실한 채로. 우습게도 나는, 이미 오래전에 끝나 버린 관계를 억지로 붙들고 있던 거야. 그저 힘겹게 쫓아가고 있던 거야. 사실은 부정했는지도 몰라. 우리 사랑의 기한이 끝났다는 것을. 당신이 걷는 길에 더 이상 나는 필요치 않다는 것을. 매

정한 당신의 뒷모습에서도, 나는 안중에도 없다는 듯 빠르게 걷는 당신의 걸음걸이에서도, 나는 예전 당신의 모습을 찾았어. 나란히 걷기를 바라지 않았어. 그저 가끔 보고 싶은 마음에 뒤돌아봐 주기를. 예전처럼 따뜻한 눈빛으로 바라봐 주기를. 예전과 같은 미소를 가끔은 보여 주기를. 언젠가 다시 손을 맞잡을 그날을 기다리며 지금의 당신을 버텨 낼 수 있도록, 딱, 그 정도만을 바랐던 거야. 혼자만 지키고자 노력했던 거야. 바보같이. 당신은 놓아 버리고 싶은 줄도 모르고.

나는 걸음을 멈췄어. 그리고 당신은 혼자서 걸어갔지. 그것도 한참을 말이야. 건널목에 다다라서야, 무언가 허전하다는 듯 뒤를 돌아보더라. 이제 나는, 멈추지 않고서는 당신의 시선을 받을 수 없는 거야.

"뭐해? 안 오고."

그제서야 느껴지더라.
당신에게 내가, 그저 의무가 되었다는 것이.

— 신호가 바뀌었네. 이쯤에서, 안녕.

우습게도 나는, 이미 오래전에
끝나 버린 관계를 억지로
붙들고 있던 거야. 그저 힘겹게
쫓아가고 있던 거야.

그때의 우리는

기억하나요. 흩날리는 대화들 속에서 서로의 목소리만을 붙잡으려 애쓰던 그날. 시끄러운 곳을 좋아하지 않던 우리가 처음으로 함께 갔던 어느 화려한 술집에서 우리는 마주 앉아 웃었죠. 그냥, 서로를 바라보며 잔잔히 웃었죠. 술을 못하는 당신은 호기롭게 소주를 주문했어요. 나를 놀리는 게 분명했지만, 뭐, 말을 듣지 않을 것이 분명하니까. 정말이지, 못 말리는 사람. 짙은 어둠이 스며드는 밤, 힙합에서 재즈로 바뀌는 음악 소리, 감춰 둔 속마음들을 하나, 둘 털어놓는 사람들. 발

갛게 달아오른 당신의 볼. 나는 어느새, 당신 옆자리. 당신 그거 알아요? 그때 당신이 내게 해 준 말 많은 회사 동료 이야기. 사실 잘 기억이 나지 않아요. 당신을 바라보느라 정신이 팔려 있었거든요. 오늘따라 유독 그때가 기억이 나요. 모두가 시끄럽게 흐르는데 우리만 멈춰진 시간 속에 머무르던, 당신을 바라보는 것만으로도 이상하게 가슴 한쪽이 뜨겁게 차오르던 시절. 당신이 내게 그랬었죠. 세상은 결국 수많은 혼자들이 모여 사는 것이라고. 사실은 그때 조금 서운했어요. 글쎄, 당신에게 조금은 특별한 존재이고 싶었나 봐요. 당신의 삶에 조그마한 자리 하나 내어 주길 바랐나 봐요. 그때의 우리는 지금을 몰랐겠죠. 사실, 나는 그게 제일 슬퍼요. 우리 서로에 머물렀던 시간이 너무 짧았다는 사실보다, 세상은 결국 혼자라는 당신의 말보다, 아무것도 모르고 행복하게 웃고 있는 우리의 모습이 가장 슬퍼요. 우리가 영원할 거라 굳게 믿었던 그때의 내가 너무 슬퍼요. 기억하나요. 흩날리는 대화들 속에서 서로의 목소리만을 붙잡으려 애쓰던, 서로의 마음에 지워지지 않을 사랑의 기억을 불어넣던 날, 우리가 영원할 수 없는 사랑에 빠졌던 그때 그 시절.

상처를 치유하는 방법

우리는 살아가며 몇 번의 사랑을 경험하고

그만큼의 상처를 마음에 새긴다.

그리고 저마다의 방식으로 상처를 치유한다.

사랑을 지우는 과정 속에서,

누군가는 고통을 견디기 위해

상대를 미워하는 방식을 선택하기도 한다.

하지만 견디기 힘든 아픔에도 불구하고,

좋았던 시절을 그대로 간직한 채,

아픔의 시간에 충분히 머무르는 사람들이 있다.

그들은 이전의 아픔 때문에

새로운 사랑을 두려워하지 않는다.

또한 과거의 상처를

새로운 사랑으로부터 보상받으려 하지도 않는다.

그들은 사랑의 상처로 인해

사랑을 부정하지 않는다.

만약 당신이 이별을 겪고 있다면,

조금 아프더라도

그 사람을 미워하는 방식을 선택하지 않았으면 좋겠다.

그 사람을 사랑했던 자신을 탓하며,

그 시절 전부를 의미 없는 시간이라 치부하지 않길 바란다.

증오로 상처를 방치하기보다는,

상처가 아물어 가는 과정을 온전히 바라봤으면 한다.

그 상처가 다음 사랑까지 번져 가지 않았으면 한다.

내가 선택한 사랑을 후회하지 않을 수 있을 때,

그 시절의 나를 진심으로 안아 줄 수 있을 때,

비로소 온전한 모습의 사랑을

다음 사람에게 건넬 수 있지 않을까.

우리는 살아가며 몇 번의 사랑을 경험하고

그만큼의 상처를 마음에 새긴다.

그리고 그 상처를 마주하는 올바른 태도가

더 나은 모습의 나를 만들기도 한다.

그리고,

그로 인해 서로를 알아보기도 한다.

그저 사랑을 하는 수밖에

마음을 다하지 못했을 때, 인연에 매달리곤 했다. 인연이라는 것이 실제로 존재한다면, 혹시 그 끈이 서로를 향해 있다면 어서 당신을 다시 찾아 달라고, 만약 그 끈이 서로에 연결되어 있지 않다면 이 부질없는 미련을 어서 끊어 달라고. 그러나 마음을 다해 사랑했을 때, 나는 인연의 존재를 궁금해하지 않았다. 인연의 끝자락을 붙잡고 애원하지 않았다. 이별 후 후회가 남지 않는 사랑이 있을까. 모든 사랑은 후회를 남긴다. 하지만 소홀함으로 최선을 다하지 못해 남는 후회와, 그때의 내가 할 수 있는 전부를 다 한 뒤에 남는 후회는 다르다. 그 시절의 미숙함은 우리가 어찌할 수 있는 영역이 아니니까. 지금의 깨달음을 품고 그 시절로 돌아간다면 조금 더 현명한 사랑을 할 수 있었을지도 모른다. 그러나 그때의 내가 할 수 있는 최선을 했다면, 그것으로 족하다. 지금의 내가 아닌, 그때의 내가 사랑을 했으니 말이다. 누군가 인연이 존재하냐고 묻는다면, 그것은 알 수 없지만 그것이 중요하지는 않다고 말하고 싶다. 그저 현재를 살아가는 것. 지금 곁에 있는 사람을 후회 없이 사랑하는 것. 이별의 아픔에도 부정하지 않을 사랑을 하는 것. 그것이 지금 우리가 할 수 있는 전부일 것이다. 사랑에 편법은 없다. 그저 사랑을 하는 수밖에.

창가에 해가 드는 한

지나간 계절이 자꾸만 나를 붙잡아요. 아마 당신의 흔적이겠죠. 창가에 햇빛 드리우면 그곳에 나란히 누워 서로를 바라보았던, 아무 말없이 서로의 미소를 마주할 때면 어떤 고난도 두렵지 않았던, 그때의 우리는 이제, 넘겨진 페이지. 당신 괜찮나요. 나는 괜찮아요. 전하고 싶은 말이 많지만, 전할 수 없다는 게 꽤나 아프지만, 그보다 아픈 것은 전할 이유가 없다는 사실이겠죠. 세월을 세월로 묻어 보려 합니다. 우리 추억 위에 계속해서 다른 무언가를 써 내려간다면, 그렇게 새로운 기억들이 스며든다면. 혹시 모르죠. 타인의 사연을 읽어내듯 덤덤하게 우리를 추억할지도. 언젠가는 문득 올려다본 하늘에 밝게 웃어 보일지도. 하지만 그럼에도 그때 그 계절이 오면, 함께 머무른 장소를 지나친다면, 어디선가 익숙한 음악이 흘러나온다면. 아니, 창가에 해가 드는 한, 당신이 떠오르겠죠.

별

사랑은 마주 보는 것이 아닌

같은 곳을 바라보는 것이라는 말.

이제는 더 이상 함께할 수 없는 우리가

함께 바라볼 수 있는 유일한 것.

밤하늘의 별이 유독 아련한 이유는

당신이 나와 같은 곳을 바라봤으면 하는

간절한 마음.

그때의 너를, 그때의 내가

해 질 녘 노을빛은 길지 않다. 야속하게도 찬란한 아름다움은 찰나의 순간이 되고, 돌이킬 수 없는 후회는 끝없는 시간이 된다. 미련을 씻어 낸다는 것은 상처에 물이 스미는 것처럼 쓰라리고 슬픔을 정면으로 마주한다는 것은 자신의 일부를 도려내는 것처럼 잔인하다.

마주하기보다는 외면을 택했다. 추억은 구석에 방치했고, 슬픔은 깊이 가두었다. 어느 정도는 성공했다고 생각했다. 그러나 일상을 향해 굳게 맞춘 초점은 눈물 한 방울에 힘없이 흐려졌다. 오랜 시간 부정해 온 기억들, 먼지가 소복하게 내려앉도록 꺼내 보지 않던 추억을 열었을 때 나를 가장 아프게 했던 사실은 그 시절의 우리가 아리도록 아름다웠다는 것이다.

누군가 그랬다. 진정 이별을 준비한다는 것은 추억을 부정하지 않는 것에서, 아픔을 피하지 않는 것에서 시작한다고 사랑했던 시간들이 이별에 의해 변색되어서는 안 된다. 지금의 아픔을, 뜨겁게 사랑했던 그 시절의 탓으로 돌려서는 안 된다. 누구보다 순수했기에 누구보다 서툴렀던 시절. 우리는 변했지만, 추억은 변하지 않는다. 그 시절의 우리는 여전히, 눈부시다.

그래, 이별이라는 단어는 잠시 넣어 두자.

그때의 너를,
그때의 내가
사랑했던 것이다.

작가의 말

　누나가 직장에 합격한 기념으로 귀여운 강아지를 한 마리 데려왔다. 별다른 뜻 없이 이름을 부기라고 지었다. 그때부터 녀석은 항상 우리 가족과 함께했다. 밤이면 이불 속으로 들어오는 녀석과 함께 잠들었고, 좋아하는 산책로를 함께 걸었으며, 집에 들어갈 때마다 힘껏 꼬리를 흔드는 녀석을 보며 많은 위로를 받았다. 함께할 시간이 많이 남아 있다고 생각했다. 산책을 갈 때마다 자꾸만 뒤를 돌아보는 녀석을 대수롭지 않게 넘겼던 것이 잘못이었을까. 언제부턴가 좋아하는 간식을 먹지 않는 녀석을 아무렇지 않게 여겼던 것이 잘못이었을까. 아니면, 괜히 데리고 와서 마음을 다해 사랑했던 것이 잘못이었을까. 갑작스레 걷지 못하는 녀석을 병원에 데려가 검사를 진행하던 중에 의사 선생님께서 굳은 표정으로 말씀하셨다.

"척추에 악성 종양이 발견되었습니다. 마음의 준비를 하셔야 할 것 같습니다."

부기를 안고 집으로 돌아오던 길, 눈물이 앞을 가렸다. 7년이라는 시간이 너무도 짧게 느껴졌다. 날이 갈수록 쇠약해지는 녀석을 바라보면서 못할 짓이라 생각했다. 애초에 데려오지 않았다면 이런 아픔을 겪지 않아도 되었으리라. 그렇게 못난 생각을 안고 하루하루를 보내던 내게, 누나는 말했다.

"부기 때문에 우리 참 행복했어. 그치?"

그 후로 자주 데리고 나갔다. 뒷다리를 사용하지 못하니,

내가 몸을 잡아 주면서 앞다리로만 산책을 했다. 좋아하는 간식을 종류별로 사 먹이는 것은 누나의 역할이었다. 외롭지 않도록 곁에 두고 함께 잠드는 것은 어머니의 몫이었다. 주말이면 아버지는 하염없이 부기를 쓰다듬었다. 일이 바빠 좀처럼 집에 오지 못하는 형은 멀리서나마 그런 우리를 위로했다. 그렇게 우리는 모두 각자의 방식으로 부기를 떠나보낼 준비를 했다. 녀석이 우리에게 가져다준 모든 행복들을 기억하면서.

떠나가는 모든 것들은 언제나 아픔을 남긴다. 하지만 그럼에도 우리는 사랑하며 살아가야 한다. 아픔을 남기지 않고 사랑하는 법이 아닌, 이별의 아픔을 받아들일 수 있는 성숙을 배우면서 말이다. 지금껏 나는 많은 소중함들을 떠나보냈다. 끝까지 함께할 거라 믿었던 사랑하는 사람과 이별했고, 삶의 절반을 함께했던 친구와 멀어졌으며, 어린 시절부터 그려 왔던 꿈을 버렸고, 무엇이든 해낼 수 있을 거라 자신했던 나를 잃었다. 그럼에도 나를 일으켰던 것은 그 모든 시간들이 헛되지 않다는 믿음이었고, 그 모든 소중함들을 그대로 간직하고자 했던 용기였다.

이제는 다시 사랑할 수 있다. 다시 한 번 용기를 내 다가 갈 수 있으며, 새로운 꿈을 향해 걸을 수 있고, 부족한 나의 모습까지 사랑할 수 있다. 상처가 아닌 사랑을 기억한다면, 아픔이 아닌 행복을 간직한다면, 잃은 것이 아닌 남아 있는 수많은 것들을 바라본다면, 우리는 언제든 다시 시작할 수 있을 것이다. 이 책을 읽는 모든 사람들이 잊었던 소중함을 잠시나마 떠올릴 수 있었으면 좋겠다. 그렇게 한 번 더 살아갈 용기를 얻을 수 있었으면 좋겠다.

안녕, 소중한 사람

한 순간도 당연하지 않은 당신에게

ⓒ 정한경, 2020

초판 1쇄 발행 2020년 9월 16일
초판 20쇄 발행 2024년 6월 15일

지은이 정한경
편집 김희라 이윤주 @스튜디오봄봄
디자인 이민영
아트 디렉팅 장유초 @스튜디오봄봄
일러스트 잔나비96
콘텐츠 그룹 정다움 이가람 박서영 이가영 전연교 정다솔 문혜진 기소미

펴낸이 김자영
펴낸곳 책읽어주는남자
신고번호 제2021-000003호
이메일 book_romance@naver.com

ISBN 979-11-970371-2-2 03810